不時輕聲地以俄語遮羞的鄰座艾莉同學

Иногда Аля внезапно кокетничает по-русски

1

Kadokawa Fantastic Novels

久世政近
擁有阿宅嗜好，熬夜是家常便飯，
基本上沒有幹勁的劣等生。
總是被鄰座的艾莉莎數落。
成績中下，不過其實懂俄語。
「話說……為什麼
要用俄語對我說那種話遮羞啊？」

「我們是從小一起長大的玩伴。」
「（我在說你是笨蛋。）」
周防有希
古日本貴族名門出身的大小姐，
擔任學生會公關，政近的兒時玩伴。
和艾莉莎並列為當屆的兩大校花，
別名「深閨的千金小姐」。
艾莉莎・米哈伊羅夫納・九条
以學年成績第一為傲，擔任學生會會計的
優等生。是當屆的兩大校花之一，
別名「孤傲的公主大人」。
雖然總是數落政近，不過偶爾會……

「Good morning～」

「這件好看嗎？」

目錄

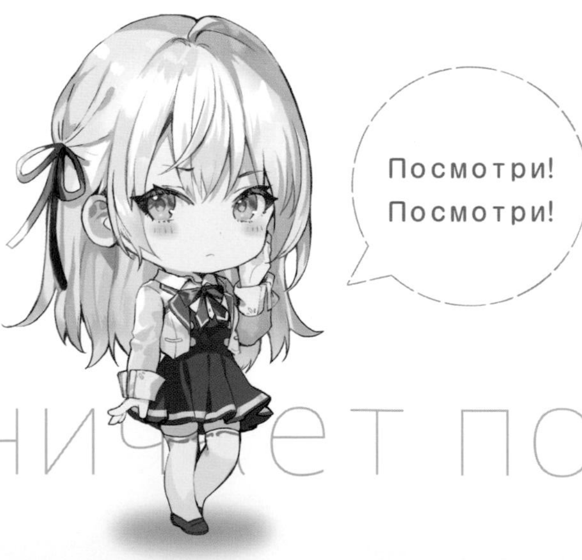

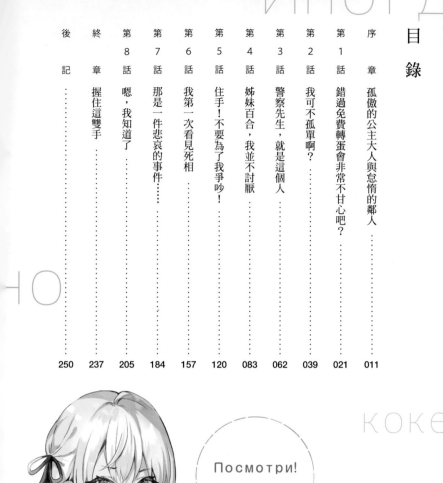

不時輕聲地以俄語遮羞的鄰座艾莉同學 1

燦燦SUN
story by sun sun sun
插畫 ももこ
illustration by momoco

Иногда Аля внезапно кокетничает по-русски

Kadokawa Fantastic Novels

Иногда Аля внезапно кокетничает по-русски

序章　孤傲的公主大人與怠惰的鄰人

私立征嶺學園。

從以前到現在，陸續有許多畢業生活躍於政經界，以學生優秀程度堪稱日本頂尖為豪，從國中、高中到大學都採取直升制度的一貫制學校。該校歷史悠久，昔日新舊貴族的子弟也大多就讀於此，是沿襲優良傳統的名校。

學生們走在林蔭步道，前往這所傳統學舍。

他們和朋友或同學熱絡聊天走向校舍，不過在一名女學生穿過校門現身的下一剎那，現場的氣氛改變了。

看見她的人們一齊展露驚訝與感嘆之意，目光追著她的身影而去。

「唔哇，那個女生是誰？超漂亮的！」

「你不知道嗎？之前的入學典禮，她不就代表新生致詞嗎？是那位瑪利亞同學的妹妹。」

「那時候只有遠遠看著她……哇，我的天。近看簡直像是精靈。」

「一點都沒錯。我和她同性又大她一屆，卻也有點被她的美貌折服。」

土生土長的日本人不可能擁有這種白皙到像是透光的肌膚，眼角細長的藍色雙眼散發藍寶石般的光輝。

還有反射朝陽閃閃發亮，綁成公主頭的銀色長髮。

從她遺傳自俄羅斯父親的深邃五官，隱約感覺得到日本母親所遺傳日式嬌柔氣息的美貌。

無與倫比的容貌，加上以女生標準來說偏高的身高與修長四肢，而且線條玲瓏有致，就像是實現世間女性理想的姣好身材。

由於色彩特別，使得美貌看起來彷彿超脫塵世的她，名為艾莉莎・米哈伊羅夫納・九条。去年國三的她轉學進入這所征嶺學園之後，每次考試都是全年級第一，而且運動萬能，還從今年起擔任學生會的會計，真的是名副其實被譽為完美超人的才女。

「喂，你看那裡。」

「咦？唔喔！是九条同學耶！一大早運氣就這麼好！」

「我說啊，你去向她打個招呼吧。」

「不可能不可能！我哪敢啊！」

「喂喂喂，這不像是平常看見美少女都會搭訕的你喔，只是去打個招呼，難道你怕了？」

「笨蛋！她的水準……應該說次元不一樣！既然這麼說，那你自己去啊！」

「我才不要。我可不想出糗被別的男生盯上。」

不分男女，周圍都向她投以羨慕的眼神。眾人自然放慢腳步往兩側迴避，她若無其事從容前進。

此時，一名男學生走向她。周圍的學生們一看見這個人就議論紛紛。

「嗨，早安。真是清爽的早晨啊。」

男學生說完露出爽朗笑容，艾莉莎沒停下腳步朝他一瞥，從領帶顏色確認是學長之後稍微點頭致意。

「學長早安。」

「嗯，早安。算是初次見面吧？我是二年級的安藤，妳姊姊的同班同學。」

「這樣啊。」

自稱安藤的男學生頭髮染成褐色，制服穿得不太整齊，從衣領看得見銀色飾品，感覺算是現代風格的時尚潮男而且相當英俊，但是艾莉莎反應冷漠。

男學生的迷人笑容令周圍女生嬌羞尖叫，艾莉莎則是面不改色平淡應對。

「我經常聽妳姊姊提到妳的事……早就想見妳一面了。如何？方便的話午休時間一起吃個飯吧？」

「不，免了。」

她絲毫不顯猶豫就立刻回答。面對如此冷漠的回應，安藤也稍微露出苦笑。

「哈哈……真冷淡耶。既然這樣，至少交換連絡方式好嗎？我想更認識妳。」

「不好意思，我對你沒有興趣。如果找我只是為了這件事，那我要告辭了。啊，還有——」

此時艾莉莎視線朝向安藤，伸手指向他的脖子。面對斜看過來的冷漠雙眼與比向自己的細長手指，安藤不禁收起笑容，睜大眼睛稍微往後仰。

「……那個，違反校規了。」

艾莉莎無視於安藤的慌張，指著他脖子的銀色飾品冰冷出言警告，然後只說聲「失陪了」就快步離開。這幅光景使得周圍屏息旁觀至今的學生們再度議論紛紛。

「好厲害，二年級最受女生歡迎的那位安藤學長都被一口回絕了。感覺真的像是孤傲的公主大人耶。」

「她的理想標準到底多高啊……有男生配得上她嗎？」

「說起來她根本對男生沒興趣吧？明明那麼漂亮，太可惜了。」

「不對不對，她不屬於任何人，我們反倒可以放心吧？」

「是啊。從偶像的意義來說，她比一般的偶像還要偶像得多。要我一輩子看她都沒問題，甚至可以膜拜她。」

「慢著，你做到這種程度的話很噁。不過我可以理解你的心情。」

艾莉莎完全不知道自己背後正在進行這種對話。她進入校舍，在鞋櫃換鞋之後前往教室。

剛才果斷不予理會的男學生，她已經忘得乾乾淨淨。

因為那種程度的事情早就習以為常，對她來說不值得刻意留在記憶裡。

受到注目或是被人攀談，對於艾莉莎來說都是司空見慣的日常片段，自己將這一切進行冷處理的行為也是這種日常片段。

來到教室一打開門，她就受到班上同學的注目。

這也是每天早上的慣例，所以艾莉莎不以為意，她走向自己位於靠窗最後一排的座位，然後將書包掛在課桌旁邊，若無其事般地看向右側鄰座。

坐在這個位子的是只因為姓氏發音相近，座位就相鄰長達一年多的男學生。

被稱為高中一年級兩大校花之一的艾莉莎鄰座，在許多男生羨慕的這個位置穩坐一年以上的他——久世政近。

「…………」

他正趴在桌上，一大早就決定要呼呼大睡。

優良傳統名校學生不該有的這副模樣，使得至今表情不曾改變的艾莉莎不禁瞇細了雙眼。

「久世同學，早安。」

「……」

即使艾莉莎打招呼，以雙手當枕頭趴在桌上的政近也毫無反應。看來他不只是趴在桌上，而是完全睡著了。

打招呼卻被當空氣的艾莉莎眼睛瞇得愈來愈細，讓看到這一幕的班上同學不禁臉頰抽搐。

「呃，喂～～久世？醒醒啊～～」坐在政近右前方的男學生低調叫他，不過在政近對這個聲音起反應而清醒之前……

喀咚！

「嗚咕噗！」

突然間，政近的課桌隨著撞擊聲迅速側移，政近一邊怪叫一邊彈了起來，原來是站在他身旁的艾莉莎從側邊猛踹了桌腳。

周圍的學生見狀一齊露出「啊～～」的表情撇過頭去。

艾莉莎是成績優秀、品行方正的優等生，基本上就好壞兩方面來說都對他人漠不關心也毫不干涉，但她唯一嚴厲對待的例外，就是這所學校不正經人物代表的鄰人，這在該年級之間已經是眾所皆知的事實。

艾莉莎以盡顯侮蔑的尖酸語氣數落政近，政近則是左耳進右耳出。這幅光景幾乎每天都看得見，所以大家早就習以為常。

「久世同學，早安。又是深夜動畫？」

艾莉莎以若無其事的表情再度打招呼。政近看起來還沒完全進入狀況。

聽到這個聲音，政近一臉詫異抬頭看向身旁，像是察覺各種事情般地聳肩，然後搔著腦袋回以問候：

「早……早安，艾莉。哎，就是這麼回事。」

政近口中的「艾莉」這個名稱，是艾莉莎在俄羅斯的暱稱。

不少學生私下這麼稱呼，不過在她本人面前使用暱稱的男生，在這所學校只有政近一人。

究竟是因為政近魯莽還是艾莉莎寬容，周圍無人知曉。

明明在睡覺的時候被踹醒，還被冰冷無比的視線俯視，政近的態度卻毫不畏懼。

這副從容的態度引來旁人傻眼又佩服的視線，然而政近並不是故意做出特別的反應。原因在於……他早就察覺了。

（「嗚咕噗」是怎樣？「嗚咕噗」？嘻嘻，這聲音好奇怪。）

艾莉莎俯視他的眼神沒有厭惡，雙眼深處反而完全在笑。

看著一邊怪叫一邊彈起來的他，艾莉莎內心覺得非常有趣。

不過，艾莉莎似乎完全不知道自己的內心被看透，坐回自己的座位以傻眼語氣說：

「你還真的學不乖耶。不惜縮短睡眠時間看動畫，在學校想睡的話不就慘了？」

「哎，話是這麼說，不過動畫其實在凌晨一點就播完了……是後來的感想發表會拖太久。」

「感想發表會？啊啊，在網路留言寫感想的聚會？」

「不是。是和阿宅朋友講電話。大概講了兩小時。」

「你是笨蛋嗎？」

艾莉莎以輕蔑至極的白眼說出這句話，政近忽然看向遠方露出空虛笑容。

「呵……笨蛋嗎……說得也是。不顧時間與場合，闡述自己對作品的愛。如果有人說這種人是笨蛋，或許確實是這麼回事吧……」

「對不起。看來你不是普通的笨蛋，是無藥可救的笨蛋。」

「艾莉同學今天狀況也超好耶。」

對於艾莉莎毫不留情的謾罵，政近也像是打趣般地反覆聳肩當成耳邊風。

看到政近這種態度，艾莉莎一副回天乏術的模樣無奈搖頭，此時預告三分鐘後開班會的鈴聲響了。

學生們陸續回到座位，艾莉莎也重新面向正前方，開始將書包裡的課本與筆記本等物品裝進課桌。

在遵守名門學校風範，規矩等待班導前來的學生之中，政近用力伸個大懶腰，打了一個大呵欠，眨了眨泛淚朦朧的雙眼。

斜眼看著這一幕的艾莉莎，朝著窗戶方向竊笑，以俄羅斯語輕聲說了一句：

【Милашка.（你好可愛）】

「呵呼……妳說了什麼嗎？」

「沒有啊？我只是說『這樣很難看』。」

對於靈敏聽到這聲細語的政近，她面不改色如此回應。聽到艾莉莎這句搪塞，政近似乎認為她是在說剛才的呵欠，以認同的態度回應「是我失禮了」，這次則是摀著嘴打呵欠。

看見這樣的政近，艾莉莎像是瞧不起般地揚起單邊眉毛，再度朝著窗戶方向竊笑。不讓政近看見她的表情，在內心發出愉快的聲音。

（笨蛋，他完～～全沒發現～～嘻嘻！）

艾莉莎佯裝托腮，按住差點上揚的嘴角。政近以看著可憐人的眼神看著她的背。

（不對，全部傳達了耶？）

艾莉莎不知道。

其實政近聽得懂俄羅斯語。她不時以俄語輕聲說出的嬌羞話語，全部傳達給政近本人了。

而且周圍的學生們沒有任何人知道，乍聽之下毫無甜蜜可言的兩人對話，背地裡其實進行著有點滑稽又害臊的這種互動。

Иногда Аля внезапно кокетничает по-русски

第1話 錯過免費轉蛋會非常不甘心吧？

「咦？」

政近摸索課桌內部，接著檢視書包內部，最後確認教室後方置物櫃內部，然後有點慌張。

他找不到下一節課要使用的參考書。看向教室時鐘，下一節課不到兩分鐘就開始。

即使要向隔壁班的妹妹借，這時候過去也不太方便吧。

逼不得已，政近迅速靠到左側的艾莉莎身旁，合起雙手輕聲說：

「抱歉，艾莉，化學參考書可以借我看嗎？」

這句話引得艾莉莎露出傻眼又為難的表情轉過頭來。

「什麼？又忘記帶？」

「嗯，大概忘在家裡了。」

「唉……呃，是可以啦。」

「感恩！」

聽到艾莉莎嘆氣答應，政近立刻將課桌併過去。

「久世同學……你忘記帶的東西是不是太多了？感覺升上高中也完全沒減少吧？」

「這也沒辦法吧？說起來課本也太多了。」

這所征嶺學園是私立升學學校，所以課本的數量多到異常。

各科目當然有複數的教科書與參考書，某些課甚至有老師自己編寫的冊子。

而且不知道是重視傳統還是其他原因，學生書包的規格從幾十年前就沒變，一般來說光是放一天份的書本與筆記本就會塞滿書包。

因此學生們都會用置物櫃放書，不過對於政近來說，這個做法成為失敗的主因。

「昨天不在家裡書桌上，我還以為在學校置物櫃……不過猜錯了。」

「是因為你沒好好確認吧？哪些東西帶回家、哪些東西留在學校，你沒確實掌握才會變成這樣。」

「我無話可說。」

「你就只有嘴皮子厲害。」

「嗚～～太傷人了啦～～」

政近以讀稿的語氣這麼說，看起來沒特別反省，艾莉莎用一副完全傻眼的樣子聳肩。

艾莉莎從課桌取出整套化學教科書之後，以懷疑的眼神瞪向政近。

「所以是哪一本？」

「啊，那本那本，藍色的那本。」

政近說完，艾莉莎打開這本參考書，放在兩人的課桌中間。政近道謝之後專心聽老師講課……不過接下來是政近和睡魔的戰鬥。

（不行了，好睏……）

睡眠不足，加上剛才的第二節課是體育，使得睡魔變本加厲。

即使如此，政近在老師寫黑板的時候還能對抗睡意，不過在老師開始點名學生答題的下一秒，睡意猛然加速。

老師與班上同學的對話，政近聽起來就像是搖籃曲，忍不住打起盹……

「嗚咕！」

……的這一瞬間，自動鉛筆的筆尖擰進政近的側腹。

（肋……肋骨……肋骨的間隙……！）

冷不防被狠狠暗算，政近默默忍受痛楚，朝身旁投以抗議的視線……卻被純度百分百的侮蔑視線迎擊，只好將頭縮回去。

因為她那雙瞇細的藍色雙眼，充分表達「都借你看教科書了還打瞌睡，好大的膽子」這個意思。

「（對不起……）」

「哼！」

睡意飛到九霄雲外的政近，就這麼看著正前方輕聲道歉。

可惜只收到對方嗤之以鼻這種充滿侮蔑的回應。

「那麼，下一個空格要填什麼？我看看，久世你回答。」

「咦，啊，是。」

此時突然被老師點名，政近慌張起立。

但他直到剛才都差點睡著，所以不可能知道答案。

說起來，政近甚至不知道是哪一題。即使低頭瞥向旁邊求救，艾莉莎也露出事不關己的表情，看都不看政近一眼。

「怎麼了？快回答。」

「啊，那個……」

誠實回答自己不知道吧。這個想法浮現在政近腦海時，艾莉莎輕聲嘆氣，指尖輕敲教科書的某處。

「啊！是②的銅！」

政近在內心向艾莉莎道謝，回答她指示的選項。然而……

「不對。」

「咦？」

聽到老師立刻否定，政近發出脫線的聲音。

（根本不對吧！）

即使他在內心大喊的同時低頭看向身旁，艾莉莎依然一副事不關己的表情。不，仔細看會發現她嘴角帶著一絲笑意。

「那麼，旁邊的九条回答。」

「好的，是⑧的鎳。」

「答對了。久世，上課要專心聽講啊。」

「啊，好的……」

被老師斥責的政近垂頭喪氣坐下，但他立刻輕聲向艾莉莎抗議：

「（不要面不改色告訴我錯誤的答案啦！）」

「（但我只是要告訴你題目啊？）」

「（少騙人了！妳明顯指著②吧！）」

「（好過分的藉口。）」

「（妳眼睛在笑啦！）」

政近像是隨時都會喊出「嗚嘎——！」的聲音，艾莉莎露出消遣他的笑容哼聲一笑，然後以俄語輕聲說了一句：

【你好可愛。】

突如其來的嬌羞反應，使得政近拚命克制自己差點抽搐的臉頰，忍著因為反作用力而發抖的雙手，勉強出言裝傻。

「（妳剛才說什麼？）」

「（我說你是笨蛋。）」

政近在內心放聲大喊「少騙人了——！」，卻沒有顯露在言表。

政近之所以懂俄語，是受到熱愛俄羅斯的爺爺影響。

契機在於小學時代，他在爺爺家住了一段時間，爺爺放了許多俄羅斯電影給他看。

政近自己沒去過俄羅斯，也沒有俄羅斯籍的親戚。

他在學校並沒有特別提及這件事，所以校內知道政近懂俄語的人，只有隔壁班的妹妹而已。

而且妹妹口風也很緊，所以除此之外沒有任何人知道。

如今政近覺得應該更早爆料才對，但是現在後悔也來不及了。

「鄰座美少女只會以俄語遮羞」這個莫名其妙的羞恥遊戲，也都是政近自己種下的禍根，所以只能甘願承受。

內心深處湧現無法言喻的害羞心情，政近漲紅臉緊閉嘴唇，緩緩吐氣拚命忍受。此時，誤以為政近這副模樣是強忍憤怒的艾莉莎，像是由衷感到有趣般地低語：

【好像小寶寶。】

政近腦中浮現變成幼兒的自己，以及笑嘻嘻戳他臉頰的艾莉莎。

（原來如此，妳期望戰爭嗎？）

政近理解到自己完全被鄙視捉弄，表情赫然變得嚴肅。

（在說誰是小寶寶啊，妳這傢伙……讓妳見識我的真本事吧。）

政近瞥向時鐘，確認還有多久下課。

（十一點四十分。再十分鐘嗎……得在這段時間想辦法反擊……）

此時，政近察覺某個天大的事實而瞪大雙眼。

（慘了！中午之前的免費轉蛋還沒抽！）

這是嚴重的疏失。原本應該在離家前或是班會時間前抽完，不過今天早上睡過頭，腦袋沒靈光到這種程度。

（好險，真虧我察覺了。不得已，等等下課的時候抽吧。）

政近的思緒完全切換到阿宅方向，剛才被艾莉莎當成小寶寶的事，已經一點都不重要了。要說這份單純和小寶寶沒有兩樣也在所難免，不過當事人沒有自覺。

敷衍應付完剩餘的課程，看著老師走出教室……的下一秒，政近將課桌拉回原位，還沒排整齊就迅速取出手機，以最快速度啟動遊戲應用程式。

看著這一幕的艾莉莎皺眉告誡：

「除了緊急狀況以及上課需要，在校內使用手機違反校規喔。在我這個學生會幹部面前這麼做，你好大的膽子。」

「那我就沒違反校規了。因為是緊急狀況。」

「……為求謹慎問一下，哪裡緊急了？」

反正不是什麼像樣的原因吧？艾莉莎給了一個白眼，政近以莫名認真的表情斷言：

「免費轉蛋再十分鐘就沒了。」

「你想被沒收手機嗎？」

「我相信妳不會做這種事的YO☆」

「我就讓你真的被沒收一次吧？」

政近豎起大拇指笨拙抛媚眼，艾莉莎以更冰冷的眼神看他。不過政近看起來沒特別受到打擊，低頭看著手上的手機說話：

「好啦，能出個R就謝天謝地……話說我好久沒拋媚眼了。總覺得拋媚眼滿難的。」

「怎麼突然說這個……」

「沒有啦，想說雖然偶像經常這麼做，但即使是藝人，能夠拋出漂亮媚眼的人也不多。」

「是嗎？」

「咦？不是很難嗎？無論如何臉頰或嘴角都會抽動得很奇怪，與其說是拋媚眼更像是擠眉弄眼吧？」

「並不會喔。」

「……是嗎？那妳就讓我見識一下真正漂亮的媚眼吧。」

政近抬起頭，咧嘴露出挑釁的笑。板著臉的艾莉莎眉頭一顫，聽到對話的周圍同學們一陣騷動。

艾莉莎立刻感覺周圍視線集中過來，就這麼維持不悅表情重新面向政近，嘆了長長的一口氣。

「唉……你看，就是這樣吧？」

然後她微微傾首，拋了一個完美的媚眼。

臉上其他部位完全沒有多餘使力，自然眨了眨單眼。

孤傲的公主大人拋媚眼的珍貴場面，使得周圍「喔喔！」發出不知道是喧嚷還是歡呼的聲音，甚至響起零星的掌聲。

不過，提出這個要求的當事人政近則是……

「好耶！SSR月讀來了！……呃，啊啊抱歉，我剛好沒看到。」

「沒收。」

「NO！」

手機毫不留情被拿走，政近發出哀號。艾莉莎雙手扠腰站直俯視他。

不知道是生氣還是害羞，她的臉上泛起一陣紅暈。

不免覺得這出乎意料成為剛才上課時被捉弄的反擊，但政近沒這個意思。也可以說因為沒有惡意反而更惡質。

就在這個時候，三名男學生湊在一起說悄悄話的聲音傳入艾莉莎耳裡。

「（唔……喂！剛才的有拍到嗎？）」

「（不，角度有點……）」

「（呵，交給我吧。我精準拍到拋媚眼的瞬間了。）」

「（喔喔，真的假的！你好強！）」

「（照片傳給我！我可以出到一千圓！）」

「沒收。」

「「「呃，九条同學？」」」

剛才偷拍的手機被拿走，三個男生一齊發出哀號。

「怎麼了，九条同學！我們什麼都沒──」

「什麼都沒？」

「啊，不，沒事……」

即使嘴硬想裝傻也沒用，男生們被狠狠一瞪就瞬間畏縮。

但是這也不能怪他們。實際上，艾莉莎揚起下巴睜大雙眼朝下方瞪視的模樣，有著成年男性也不敢頂撞的魄力。

那雙冰冷又嚴厲的視線，簡直是俄羅斯的凍原。

彷彿背後颳起暴風雪的這股魄力，使得剛才因為艾莉莎送秋波而興奮的其他同學們也同時移開視線壓低氣息，以免被掃到颱風尾。

艾莉莎像是走在無人的雪地，拿著四支手機回到自己座位。

同學們低頭等待暴風雪離開。不過有一名男生面對她的威容也毫不畏懼。

「大人原諒啊～～請網開一面～～」

政近像是不惜付出任何代價，在回座的艾莉莎腳邊合起雙手可憐兮兮地哀求。到這個時候都沒放下輕浮的心態，周圍像是看見勇者般地望向政近。

「這是沒辦法的啦～免費轉蛋抽到ＳＳＲ，當然會忍不住看手機吧～～」

不只如此，政近還為自己辯護。「這傢伙認真的嗎？」的視線從周圍集中在政近身上，艾莉莎維持凍原般的表情，低頭看向剛才從政近手中拿走的手機。

「……ＳＳＲ月讀？月讀是日本神話的月亮女神吧？為什麼不是黑髮是銀髮？」

「咦……天曉得？不是來自月亮的形象嗎？反正很可愛，這種小事不重要吧？」

「是喔……」

政近露出非常快樂的笑容，艾莉莎輕輕瞇細雙眼。

同時艾莉莎周邊的空氣溫度溜滑梯般地降到北極級。「咦？為什麼？」政近在內心低語，笑容變得僵硬。

「……總之，我先關機幫你保管到放學後。」

「等一下～～！直接關機的話可能會沒存檔啊！」

看到艾莉莎無情準備關機，政近真的慌了。

「妳看不順眼的是我吧！她是無辜的！我怎麼樣都沒關係，拜託放過她吧！」

「為什麼我變得像是壞蛋啊？」

政近就像是最愛的戀人被擄為人質，拚命說情要讓艾莉莎回心轉意。

艾莉莎以鄙視至極的眼神看向政近，在嘆氣的同時遞出手機還他。

「感謝大人，叩謝大人。」

「……哼！」

政近以雙手接過手機膜拜，艾莉莎即使盡顯不悅哼了一聲，也還是將另外三支手機物歸原主。

確實見證偷拍的照片刪除之後，她氣沖沖坐回自己的座位。

「唔哇～～真的是月讀大人耶，我一直以為絕對抽不到……」

「……」

艾莉莎以手指捲動玩弄自己的頭髮，邊瞥向旁邊以閃亮眼神看手機的政近，不高興地嘶嘴。

【我明明也是銀髮。】

冷不防吃了這記飛醋，政近整個人固化。

「……妳說什麼？」

政近終究沒聽漏，掛著僵硬表情抬頭。只見艾莉莎以冰冷視線一瞥，停止玩頭髮之後放話：

「我只是說『你這個電玩廢人』。」

「喂，這種說法沒禮貌吧？」

「什……什麼意思？」

政近難得表情嚴肅發出嚇人的聲音，使得艾莉莎有點畏縮。但她立刻以「我沒說錯」的強勢眼神瞪回去。洋溢緊張感的氣氛再度吸引周圍視線，在這個狀況中，政近以正經八百的表情警告：

「居然說我這個無課仔是廢人，不覺得對那些重課的真正廢人很失禮嗎？」

「也對，任何人都不想和你相提並論吧。」

「這麼嗆？」

政近以莫名認真的表情說蠢話，被艾莉莎像是看見垃圾的視線射穿。政近慘叫一聲按住胸口，如同視線真的射在身上。

看到政近始終堅持這種裝模作樣的態度，艾莉莎懶得理會般地嘆了長長的一口氣。

「真是的……難得看你一臉正經，還以為你想說什麼……」

「喂喂喂，真沒想到妳會這麼說。我平常都很正經吧？要說正經是我的長處也不為過。」

「這是本世紀最誇大不實的言論。」

「這個世紀還有八成沒過完吧？」

「唉……好了啦，把手機收起來。」

艾莉莎無奈聳肩，露出精疲力盡的表情托腮。

看見她這個反應，政近也心想「有點玩過頭了吧」聳了聳肩，決定差不多到此為止，準備把手機收好……的下一瞬間，傳入耳中的俄語令他停止動作。

【明明正經起來就很帥。】

聽到令人背脊發癢的這句細語，政近不禁轉身。

「妳說什麼？」

「我說『對你有所期待真是虧大了』。」

「……喔，這樣啊。」

「嗯，就是這樣。」

政近沒說出口，而是在內心放聲大喊：「少騙人了——！」

「笨蛋，哼！」艾莉莎吐舌頭這麼說。正確聽出她內心聲音的政近臉頰僵硬。

（我，全，都，聽懂了啦——！）

如果可以這麼盡情喊出來，不知道會多麼痛快。不過揭開這個祕密是自己吃虧。

（唔，咕……）

明知不能揭開祕密，內心卻難免煩悶。好想給這個隱性傲嬌妹一點顏色瞧瞧，如此心想的政近咬牙切齒……就在這個時候，教室前門忽然開啟。

「好～～雖然有點早，不過開始上課吧……慢著，久世，你怎麼拿出手機？」

「啊……」

聽到進門的老師提醒，政近如今才發現自己還拿著手機。

「沒有啦，是因為課題要查一些資料……」

「九条，真的嗎？」

「不，久世同學在用手機玩遊戲。」

「喂！」

「果然嗎？久世你過來！我要沒收！」

「等等，您說『果然』是怎樣啊！」

政近不情不願走向講臺向老師抗議。艾莉莎看著他的背影無奈嘆氣。

「唉……真的是笨蛋。」

她以由衷傻眼的聲音低語，嘴角卻和話語相反，露出一抹微笑。可惜包括政近在內的班上同學沒察覺。

「（唔喔！艾莉公主在笑？）」

「（唔喔喔喔！拍照的好機會！）」

「（快拍快拍！可惡，相機打不開！）」

「老師，那邊的三人也在用手機。」

「「「ＮＯ！」」」

……除了三個真正的笨蛋。

第2話 我可不孤單啊？

在人聲鼎沸的熱鬧餐廳裡，學生們拿著托盤來來去去。

午休時間，政近和兩個朋友來到餐廳。他們看著入口張貼的菜單研究要吃什麼。

「喔，出了新口味的麵食。」

政近注意到的是貼上新菜色標籤的麻婆拉麵。

拉麵加上麻婆豆腐的這個組合，對於熱愛拉麵又愛吃辣的政近來說完全命中好球帶。

「麻婆拉麵？聽起來像是中式加上中式的料理。」

說完打趣一笑的是丸山毅。他是比政近矮一點的三分頭少年，政近國中時代認識至今的朋友。

「毅，嚴格來說，拉麵和中式料理不太一樣喔。」

「咦，是嗎？」

「嗯。而且說起來，『拉麵』這個名稱本身源自日本。」

提供這種小常識的是清宮光瑠。他和毅一樣從國中就是政近的朋友，擁有色素偏淺的黑褐色頭髮與眼睛，是外型中性秀氣的美少年。

在校內可列入前五名的美少年長相，使得進入餐廳的女生不時朝他投以熱情視線。

「你們兩個都決定好了嗎？」

「好了。」

「嗯。」

三人相互點頭進入餐廳，將手帕與面紙放在空桌占位，各自去點餐。

分別領到餐點之後，回到座位開始用餐。引人注目的當然是政近端來的麻婆拉麵。

「唔喔……實際看就發現比我想像的還要紅。」

「那個不辣嗎？」

「不，完全不辣啊？反倒還不夠辣。很好吃就是了。」

坐在政近對面的毅與光瑠，看著政近吃的拉麵露出不敢領教的表情，不過當事人政近面不改色。

「是喔，稍微給我嘗一口吧。」

「啊，我也要。」

「好啊。」

「謝啦……等等，這一般而言算辣吧！」

「嗚，這是後勁很強的那種辣……！」

好奇的兩人伸出筷子夾一口麵吃，卻立刻皺眉伸手拿水杯。對於這樣的兩人，政近像是諄諄教誨般地開口：

「喂喂喂，蒸氣不會刺激眼睛的辣不叫辣啊？」

「你這標準很奇怪。」

「一點都沒錯。」

「而且說起來，真正辣的拉麵會讓嘴唇慘死，沒辦法正常吃。」

「這應該是寫成『辣』卻念成『痛』的玩意吧？」

「嘴唇慘死是怎樣……」

「胃當然也會慘死喔。」

「別吃那種肯定會吃壞肚子的東西。」

正當毅吐槽的這個時候，餐廳入口一陣騷動。政近他們反射性地看向該處，剛好看見三名少女進入餐廳。

「喔，是學生會成員。會長與副會長……不在啊。就算這樣，三人齊聚還真是不得了。」

看見這一幕的毅出聲感嘆。相同的反應出現在餐廳各處。三人經過的地方造成男生緊張，女生也投以崇拜的視線。

現場有點像是偶像光臨的狀態，不過實際上這三名少女的容貌，都遠比普通水準的偶像標緻。

「九条她們真的是一對美女姊妹耶。」

看著三人之中以一頭銀髮特別顯目的艾莉莎，以及艾莉莎前方略為嬌小的少女，光瑠如此感慨。

是的，艾莉莎前方的這名少女是二年級的學生會書記，名字是瑪利亞・米哈伊羅夫納・九条。暱稱是瑪夏，大艾莉莎一歲的親姊姊。

不過，姊妹兩人的色調與氣息截然不同。

相較於肌膚白皙到像是透光的艾莉莎，雖然瑪利亞的肌膚確實也很白，卻頂多只算是皮膚超白的日本人。

及肩的大波浪頭髮是亮褐色，眼角稍微下垂的溫柔雙眼同樣是亮褐色。容貌本身也和艾莉莎成為對比，完全是日本人五官的娃娃臉。

要是和個子高䠷、長相成熟的艾莉莎走在一起，乍看差點分不出誰是姊姊，不過頸部以下確實展現姊姊的威嚴。

具體來說就是胸部很大，臀部也很大。艾莉莎的身材也十足不是日本人比得上的，不過以女人味來說，瑪利亞更勝一籌。

豐滿的體態搭配天生的溫柔長相與柔和氣息，使得她散發出不像高二學生的母性。實際上，部分學生真的稱她為「學園的聖母」。

「九条學姊真棒。好想親近她。」

「不過九条學姊好像有男友喔。」

「就是說啊！可惡，那個幸運的男人是誰啊！」

掛著不正經著迷表情的毅，聽到光瑠這句話立刻板起臉咬牙切齒。政近見狀露出感到意外的表情。

「咦？居然問那個男人是誰……毅，連你也不知道嗎？」

「『連我也不知道』這說法怪怪的……我只知道對方是俄羅斯人啦。」

「是喔……」

「是遠距離戀愛嗎？聽說九条學姊會在日本與俄羅斯兩邊跑。」

正如光瑠所說，九条姊妹因為父親工作的關係，會在日本與俄羅斯兩邊跑。以艾莉莎的狀況，她在俄羅斯住到五歲，小學一年級渡海來到日本。

然後她小學四年級又回去俄羅斯，國中三年級回來日本。

「換句話說，遠距離戀愛持續一年多啊……我果然沒希望嗎……」
「哎，至今向她表白的男生，她好像都用男友當藉口拒絕了……」
「即使沒男友，毅你也沒希望吧。」
「吵死了！就算你和艾莉公主交情很好，也不要得寸進尺好嗎？」
政近毫不留情將殘酷的現實擺在眼前，毅氣沖沖朝他大喊。
「唔～雖說交情好，但我也只是整天令她傻眼就是了。」
「就算這樣，也比漠不關心來得好吧？艾莉公主基本上不和任何人說話，即使說話也只說正事，完全不會多聞聊半句。」
「是啦，畢竟我坐她旁邊一年多了……」
「不提這個也一樣啦。說起來，在艾莉公主本人面前用暱稱叫她的只有你吧？」
「算是……吧……」
「嗚～～我真的好羨慕。居然獲准用暱稱稱呼那位孤傲的公主大人……」
「既然這麼想，你積極進攻不就好了？畢竟是同班同學。」
政近說完，毅露出苦笑，將手伸到面前搖了搖。
「沒啦，不可能。她那種完美過頭的超人很難接近。」
「那也別偷拍啊。」

「不對，一般來說，漂亮成那樣都會想拍吧？」

面對政近賞了白眼的吐槽，毅毫不愧疚大方坦承。

是的，沒什麼好隱瞞的，毅就是上午偷拍艾莉莎被沒收手機的三人組之一。應該說他是主謀。

「真的是大飽眼福，可以永遠欣賞下去。那張臉蛋我可以配五碗白飯。搭配九条學姊的話至少十碗。」

「毅，你這樣基本上很噁。」

「嗯，我也不敢領教。」

毅一臉陶醉至極般地看向艾莉莎她們，即使是兩個好友也避之唯恐不及，但是毅反而露出「你們才奇怪」的表情。

「為什麼啊，你們也這麼認為吧？那麼漂亮的女生，其他地方看不到的。」

「哎，我承認她們是美女……但你有點把她們看得太過神聖了。別看艾莉那樣，試著搭話會發現那傢伙意外歡樂哦？……各方面來說很歡樂。」

「啊啊～～出現了。強調自己知道她的另一面。炫耀嗎？這是在炫耀嗎？」

「不是啦。」

「歡樂的傢伙是吧……能像這樣稱呼九条同學，就某方面來說，政近你真是了不起。」

「光瑠，這是什麼意思？暗示我不知天高地厚嗎？嗯？」

「不是啦……每天被警告成那樣，真虧你對她說得出這種話，我純粹感到佩服。」

「啊啊……」

對於光瑠的感想，政近看向旁邊含糊點頭。

政近再怎麼被艾莉莎數落也不以為意，除了因為艾莉莎每次都說得很中肯，更是因為她不時說出的俄語過於令人會心一笑。

說起來，如果真的討厭，艾莉莎應該不會警告，而是視若無睹吧。既然沒這麼做，大概代表她自己也是很享受和政近的這種互動。

只要這麼想，就不會在意被她數落。不過政近不想對任何人說出這個隱情。

「總之要不要先正常搭話看看？或許出乎意料聊得下去啊？」

「話是這麼說……但是看到去年那樣就……」

聽到毅這麼說，政近點頭表示同意。去年突然像是彗星般地出現的美麗轉學生。

當初，艾莉莎是校內焦點。

說起來，征嶺學園鮮少有轉學生。原因很單純，因為轉學測驗的難度高到嚇人。

原本就是日本首屈一指難以擠入的窄門，轉學測驗更是設定為三級跳的難度。即使是在校生也不知道是否有一成的人達到及格標準。

通過這麼困難的轉學測驗，進而在第一學期的期中考拿下學年第一，再加上她的容貌，不可能不引人注目。

只是，雖然不問男女有許多人想和艾莉莎交流，艾莉莎卻總是保持劃清界線的態度，不想和任何人建立交情。

後來不知何時，艾莉莎開始被稱為「孤傲的公主大人」。

「如果要在她們之中選一個人進攻……使用刪除法的話，果然是周防同學吧。」

毅看向排隊點餐的一名少女說。

及腰的亮麗黑色長髮，嬌小卻適度發揮女性魅力的勻稱身材。乍看之下沒有艾莉莎或瑪利亞那麼亮麗。

不過，在可愛之中感受得到氣質的容貌非常標緻，遠遠就看得見的筆挺姿勢與端莊舉止，透露出少女的良好教養。

她是擔任學生會公關的一年級學生，名字是周防有希。古日本貴族名門出身，歷代擔任外交官的周防家長女，是千真萬確的大小姐。

高超的社交能力與洗練的言行舉止，使得她在學生之間被稱為「深閨的千金小姐」，和別名「孤傲的公主大人」的艾莉莎並列為當屆的兩大校花。

「雖然同樣高不可攀，不過比較易於搭話，感覺機會比艾莉公主來得大。」

毅逕自頻頻點頭，光瑠卻露出懷疑表情歪過腦袋。

「有機會嗎？周防同學拒絕男生表白的次數，聽說比九条同學多耶？」

「唔，咕……你說的沒錯。她對戀愛沒興趣嗎？還是說因應千金小姐的身分，其實已經有未婚夫了？政近，這方面是什麼情形？」

「為什麼問我？」

「我反倒想說，不問你的話要問誰？因為你們是兒、時、玩、伴啊？」

毅以充滿嫉妒的眼神強調每個字，政近嘆了口氣。

「就我所知，她沒有未婚夫。對戀愛有沒有興趣，我就不知道了。」

「那幫我去問她本人有沒有興趣吧。」

「不要。」

「為什麼啊！幫我一下啦，我們是朋友吧？」

「真正的朋友不會拿友情當藉口提出任何要求。」

「啊，這部分我同意政近。」

「咕啊！」

以前方與旁邊的交叉砲火擊沉毅之後，政近不經意看向點餐區。

此時，學生會的三人剛好端著餐點在找位子。看來沒有能讓三人一起坐的場所。

不過在這個時候，餐廳一角有人舉起手，瑪利亞和另外兩人交談幾句之後走向該處。

大概是二年級的朋友叫她過去吧。

然後，留下來的兩人環視周圍……有希的視線湊巧對上政近的視線。

她認出政近之後，視線輕輕平移，看到政近所在的餐桌邊緣剛好有兩人份的空位。

（啊，看樣子要來了。）

政近如此預感的下一秒，有希果然向艾莉莎知會一聲，然後筆直走向政近。毅沒多久也察覺了，連忙端正坐姿。

「政近同學，請問這邊的位子可以坐嗎？」

有希這麼說的瞬間，跟在她身後的艾莉莎眉頭深鎖。不過包含政近在內的三人視線都集中在有希身上，所以沒人察覺艾莉莎的表情變化。

「啊啊，可以是可以啦，你們也沒問題吧？」

「啊，喔，好。」

「嗯，沒問題。」

「謝謝。」

有希露出美麗的笑容向三人道謝，繞過餐桌坐在政近旁邊。緊接著，艾莉莎也坐在毅的旁邊，政近的右前方。

「啊啊，你果然也點一樣的。」

正如有希所說，她托盤上的那碗麵，和政近一樣是麻婆拉麵。

大小姐風範的有希，和怎麼看都是平民美食的料理實在不搭。

「周防同學……也會吃這種料理啊。」

毅有點緊張地說，有希從口袋取出髮圈，將頭髮束在腦後之後稍微露出苦笑。

「不用這麼拘謹沒關係啊？我們又不是不認識，而且同年級。」

「不，這個嘛……好的。」

「而且，我也會吃拉麵啊？雖然在家裡吃不到，不過放假經常會出門吃拉麵。」

「是……是喔～～真意外。」

在校內被當成淑女範本的有希說話這麼平民，毅與光瑠露出由衷感到意外的表情。這個反應令有希的苦笑稍微加深，她禮貌說聲「我開動了」，然後優雅吃起拉麵。一旁的政近向毅使眼神。

『你太緊張了吧？』

『少煩，不要把我當成你。』

『你想親近她吧？這種程度就緊張是能怎樣？』

『對不起，對我來說果然還是高不可攀。』

『太早放棄了吧！』

政近與毅以眼神進行這種對話時，將拉麵內容物品嘗一遍的有希輕聲吐氣。

「很好吃。但我覺得可以再辣一點。」

「就是說啊，我想再加點辣油。」

「這裡會提供鹽與醬油，可是沒辣油。或許可以在下次學生會當成議題檢討看看。」

「慢著，公私不分也要有個限度吧？」

對於政近的吐槽，有希輕聲發笑說「開玩笑的」。

兩人的和睦對話，使得默默吃著A套餐的艾莉莎眉心出現兩條皺紋，不過政近他們還是沒察覺。

艾莉莎眉心的皺紋因而愈來愈明顯，她暫時閉眼換個表情，以若無其事的語氣問：

「兩位交情很好嗎？」

聽到艾莉莎這個問題，有希轉身重新面對她，以甜美笑容回答：

「我們是從小一起長大的玩伴。」

「兒時玩伴……」

「是的，從幼稚園就一直念同一所學校哦？可惜從來沒同班就是了。」

「這樣啊。」

好像接受又好像沒接受，艾莉莎點頭點得不太明顯，接著改由政近詢問：

「那妳們兩位交情好嗎？」

回答這個問題的是有希。她以溫柔的笑容看著不知如何回答的艾莉莎，稍微歪過腦袋說道：

「應該是正在建立交情吧？至少我希望和艾莉莎同學成為朋友。」

有希率直的話語使得艾莉莎睜大雙眼，視線有點為難般地游移。

「……即使和我成為朋友，應該也沒什麼樂趣吧。」

艾莉莎移開視線說出這句奇妙的話語婉拒，有希聽完眨了眨眼，再度露出笑容。

「換句話說，艾莉莎同學不排斥和我成為朋友吧？」

「咦…………總之，算是……吧？」

「那麼，我們來當朋友吧！畢竟難得一起加入學生會，又同樣是一年級。啊啊，對了！不介意的話，我可以叫妳『艾莉同學』嗎？我聽瑪夏學姊與政近同學這麼叫妳，我一直覺得這個稱呼很好聽！」

「呃，嗯……我不介意。」

「嘻，好開心。再度請妳多多指教喔，艾莉同學。請務必直接叫我『有希』。」

「嗯……有希同學，請多指教。」

有希合掌開心地笑，艾莉莎難得畏縮。

「加深友誼是好事，不過再不吃的話，拉麵要糊了。」

「啊啊！我都忘了！」

聽到政近的忠告，有希連忙繼續用餐。艾莉莎以有點為難的表情旁觀，但她察覺政近看著這樣的自己，略顯尷尬般地面帶不悅。

「話說久世同學，平常你在周……在有希同學面前是怎麼說我的？」

「咦～～？不，沒說什麼……大概就說妳總是對我生氣。」

「不要說得好像我很容易生氣。都是你自作自受吧？」

艾莉莎揚起眉角斷然反駁，政近回應「是，您說得是」縮起脖子，有希輕聲一笑。

「政近同學真是的，不必這麼害臊也沒關係吧？」

「啊？」

「艾莉同學，政近同學總是說妳很努力，所以很尊敬妳耶？」

「咦……？」

「不，我可沒說我尊敬她。」

「但你看見努力的人，不是都會無條件表示敬意嗎？」

「……」

有希說得像是看透一切，政近尷尬移開視線，然後朝著坐在正前方的毅與他身旁的光瑠以眼神示意「你們也說幾句話吧」。兩人隨即轉頭相視微微點頭，拿著托盤同時起身。

「那麼，我們吃完了。」

「所以先走一步。」

對於二話不說就背叛的兩人，政近以眼神抗議。

『喂！』

『沒有啦，總覺得有點耀眼過頭，我撐不下去了。』

『我不擅長面對女生。』

政近的抗議徒勞無功，兩人迅速看向其他方向，匆忙離開餐廳。政近懷恨目送他們離開的時候，耳朵傳來艾莉莎的俄語。

【什麼嘛，真是的。】

轉身一看，艾莉莎掛著難以形容，像是鬧彆扭又好像有點開心的表情。她朝著轉過身來的政近一瞥，立刻將視線移回手邊，默默繼續用餐。

政近已經將自己的拉麵吃光到連一滴湯都不留，就這麼不經意看著她。然後艾莉莎再度揚起視線看向政近，以俄語輕聲開口：

【不准看我，笨蛋。】

然後艾莉莎將頭低得更低專心用餐，政近總覺得心情變得柔和許多。

（原來如此，聽到我說尊敬她所以害臊了吧。嗯嗯，原來如此。）

不過政近沒停止注視。並不是聽不懂俄語，也不是遲鈍得不解風情，但他這時候刻意使出「咦，妳說什麼？」的殺手鐗。

此時，有希雖然搞不清楚狀況，卻察覺到莫名其妙的氣氛。「話說回來……」她向政近打開話匣子。

「政近同學，關於加入學生會那件事，請問你考慮得怎麼樣？」

聽到有希這麼說，政近露出「又來了嗎」的不耐煩表情，艾莉莎停止動筷。

「我說過很多次吧？我不想加入。而且妳不是說不久之前加入新血了嗎？」

「加入是加入了……但是果然沒持續很久……」

新學生會的成立時間是六月初，約一個月前。

這所學校的學生會形式有點特殊，是由學生會長與副會長搭檔參選，其他幹部由當選的會長與副會長任命。

因此，幹部人數每年都有所變動，不過除了會長與副會長，目前確定的職位只有書記為瑪利亞、會計為艾莉莎、公關為有希共五人，現狀連一名總務都沒有。

「不是說過男生會神魂顛倒無法好好做事，所以這次要找女生加入嗎？記得妳說大約有三人加入，該不會全都辭職了？」

「因為……她們都說自己的能力不足……」

「啊啊……」

聽到這句話，政近隱約猜到是怎麼回事。

說起來，這屆學生會的女性陣容就各方面來說太驚人了。副會長與書記瑪利亞是二年級的兩大美女，艾莉莎與有希是一年級的兩大校花。

光是這樣就令其他同性卻步，加上同為一年級的艾莉莎是學年第一的才女，而且坦白說，有希也曾經是國中部的學生會長。

在容貌與實務能力兩方面都持續展現截然不同的差距，普通女生的心理肯定撐不住吧。

就算這麼說，男生幾乎都抱持著想親近美少女的非分之想，願意好好做事的人也會因為女性陣容的實務能力太強而氣餒。

「從這一點來看，你的實務能力沒問題，應該也可以和我或是艾莉同學好好合作。因為你曾經是學生會的副會長。」

「咦？」

聽到有希這段話，艾莉莎目瞪口呆。承受她視線的政近抗拒般地板起臉。

「久世同學當過副會長？」

「是啊？兩年前的國中部學生會，我是會長，政近同學是副會長。」

「原來是……這樣啊……」

「這是往事。我再也不想幹了。」

政近一臉打從心底抗拒般地搖搖手，有希露出有點為難的笑容。

然後有希朝著滿臉驚訝注視政近的艾莉莎歪過腦袋。

「艾莉同學可能感到意外，不過別看政近同學這樣，他該認真的時候很認真哦？平常總是這種感覺就是了。」

「妳說的『這種感覺』是哪種感覺？」

「嘻，你說呢？是哪種感覺？」

聽到有希這麼說，艾莉莎露出賭氣表情，然後似乎不悅地注視面前親密鬥嘴的兩人。

【這種事，我早就知道了。】

輕聲說出的這句俄語，沒傳入兩人耳中。

◇

「那麼，我要去學生會室一趟。」

「這樣啊，那麼放學後見。」

「好的，那麼晚點見。」

「再見。」

「好的。加入學生會那件事，請考慮一下哦？」

「就說不會加入了。」

「嘻嘻。」

「喂，一臉像是『我知道啦』的表情是怎樣？」

「沒事沒事。告辭。」

兩人在餐廳門外不遠處和有希道別。對於完美低頭鞠躬之後離開的背影，政近敷衍揮手回應。

此時，比以往冰冷兩成的艾莉莎聲音冷不防刺過來。

「你們交情真好。」

「意外嗎？」

「是啊，很意外。沒想到你居然有異性朋友。」

艾莉莎以帶刺的語氣斷然挖苦，政近揚起單邊眉毛。

「咦？居然說這個？」

「怎麼了？」

「沒有啦，因為……」

然後他一臉像是要說「妳說這什麼話？」的表情，筆直指向艾莉莎的臉。

「異性朋友。」

「…………」

政近理所當然般地告知的這句話，使得艾莉莎以正經表情緩緩眨眼，稍微歪過腦袋。

「……我們是……朋友？」

「咦？不是嗎？」

「…………」

聽到政近打從心底感到意外般地這麼問，艾莉莎沉默片刻，突然轉身背對政近，以像是在克制某種情緒的平淡聲音回答。

「也對，我們是朋友。」

然後她只留下這句話，朝著有希離去的方向踏出腳步。

「喂～～妳要去哪裡～～？」

「我只是想到有事要去學生會室一趟……別跟過來。」

艾莉莎頭也不回，明確表示拒絕，就這麼快步離開。

「這是怎樣……哎，算了。對了，得修理一下逃走的那兩個傢伙。」

被留下來的政近逕自輕聲說出這種恐怖的話語，一個人回到教室。

當天下午，艾莉公主愉快哼歌穿越走廊的傳聞在部分學生之間傳開，然而不知道是幸還是不幸，這個消息沒傳入政近耳中。

第3話

警察先生，就是這個人

第二天，政近比平常提早約一小時到校。

不是基於什麼特別重要的原因。

單純是他比平常早一小時醒來。

而且政近難得這麼清爽起床，預料要是貿然睡回籠覺將會遲遲睡不著，一直賴床到最後睡過頭，所以決定乾脆提早上學。

另一個原因在於他今天剛好是值日生。

這所學校按照出席編號的順序，每天由兩人擔任值日生，兩人的座位會安排為相鄰而坐。換句話說，政近的值日生搭檔是艾莉莎。

政近知道自己是嫌麻煩又怠惰的人，不過會注意避免為別人添麻煩（忘記帶課本請艾莉莎借他看，在他心中不屬於添麻煩的範圍）。

所以再怎麼麻煩，他也不會偷懶不做輪值打掃或值日生的工作。即使如此，他也只會做好自己負責的部分，這方面算是政近天生的個性，但他今天心情不太一樣。

「嗯，我做得真完美。」

政近在講臺環視無人的教室，滿意點了點頭。

桌椅排列得井然有序，班導要歸還眾人的筆記本也整齊擺在桌上。

黑板完全沒殘留粉筆灰，板擦也是乾乾淨淨的狀態。

這些都是艾莉莎值日時擅自做的事情，原本不在值日生工作的範圍，不過政近今天難得早起，所以想試著對她說「咦？妳平常做的工作？我都幫妳做完了啊？」這種話。

政近回到自己座位，等待應該會比平常早到的艾莉莎。

數分鐘後，艾莉莎果然來了。她打開教室的門，認出政近之後睜大雙眼。

「喲，早啊。」

「……早安，久世同學。」

艾莉莎環視教室，察覺平常自己做的工作都被做完而皺眉，政近露出洋洋得意的笑容對她開口：

「我今天早上難得很早起床，閒著沒事就把各種工作做完了。」

「……久世同學居然早起，今天難道會下雪嗎？」

「艾莉同學，妳日語真的很好耶。」

「小心別在上課的時候睡著啊。」

「……我會妥善處理。」

政近沒什麼自信如此回應，艾莉莎傻眼般地嘆口氣，輕聲以堅定的語氣說：

「……上午的黑板由我來擦。」

絕對不想欠別人人情的這種態度，使得政近露出苦笑。

政近並不是想做人情給她，不過這應該是艾莉莎自身尊嚴的問題吧。

經過一年多的來往，政近知道這種時候說什麼都沒用，所以也回應「那就拜託了」率直接受她的要求。

對於政近的回應，艾莉莎再度露出不滿表情點點頭，以有點奇怪的腳步走向座位。

政近覺得這種走路方式不對勁，發現她的過膝襪是溼的。

看向窗外，不用確認就知道戶外是晴天。雖然晚上好像下過雨，但現在絲毫沒有這種感覺。

「妳的襪子怎麼了？是一腳踩進水窪嗎？」

「不是啦。我又不是你。」

「妳說誰是整年心不在焉的冒失鬼？」

「我沒說得這麼過分……唉，這是被卡車激起水花濺溼的。」

「哎呀呀，真是苦了妳啊。」

「總之，走路太靠近馬路的我也有責任，我也有備用的襪子所以沒關係，對吧？」

雖然嘴裡這麼說，不過艾莉莎一坐下就不舒服般地臭著臉脫掉室內鞋，然後彎曲右腳踩在椅面邊緣，在政近面前脫起過膝襪。

白色過膝襪包覆的耀眼美腿展露在政近眼前。修長又白得驚人的腿，沐浴在窗外射入的朝陽下閃閃發亮。裙子從打直的腿上滑落，大腿稍微從裙襬露出。

脫掉溼透的過膝襪，艾莉莎像是沉浸在解放感般地伸直腿，讓潮溼的赤裸右腿透氣。這副模樣令政近覺得看見不該看的東西而移開視線。

明明只是脫下過膝襪，卻像是偷窺換衣服或入浴般冒出奇妙的罪惡感。政近如今強烈意識到艾莉莎是絕世美少女，突然覺得坐立不安。

「呼……」

艾莉莎脫掉雙腿的過膝襪，以隨身攜帶在雨天使用的小毛巾擦乾雙腿之後，一臉舒坦地吐氣。

不經意看向旁邊，發現政近就這麼面向這裡掛著尷尬表情看著斜下方，使她感到詫異。

平常從容不迫，凡事都不為所動的政近，露出害臊般臉紅心跳的表情……看見這一幕的艾莉莎，嘴角浮現不安好心的笑容。

艾莉莎露出像是喜歡整人的惡作劇表情，重新朝向政近伸出右腿，以大拇趾與食趾俐落夾住政近的褲子使力拉扯。

「欸，可以幫我去置物櫃拿備用的襪子嗎？」

「啊？」

「我先脫掉了，沒辦法自己去拿。」

然後像是暗示「你看了就知道吧？」，就這麼讓趾尖騰空，俐落交疊雙腿。

這一瞬間，差點就可以從正面看見絕對領域，政近也藏不住慌張而移開視線。

看著他的反應，艾莉莎的整人笑容愈來愈明顯，手肘撐在椅背托腮。

背對朝陽愉快微笑的倩影美麗如畫。

簡直是對僕人開出無解難題來找樂子的任性公主。或是對部下提出無理要求的反派女幹部。

（無論是禮服還是軍服，艾莉穿起來應該都很合適吧～～）

政近像這樣讓思緒飛往毫不相干的方向，匆忙起身前往教室後方的艾莉莎置物櫃。

以視線向艾莉莎確認之後打開櫃子一看，裡面是整理得一絲不苟的各種課本與工具箱。

深處的折疊傘下方，以透明塑膠袋裝著襪子。

政近再度莫名覺得自己在做什麼不該做的事，連同塑膠袋抓住襪子拿出來，匆忙回到自己的座位。

「拿去。」

然後他看著艾莉莎臉蛋旁邊的空間遞出襪子之後，艾莉莎倚靠在窗緣開口扔出震撼彈。

「那麼，幫我穿吧？」

「啥？」

政近發出怪聲轉頭一看，艾莉莎朝他抬起右腿。

大概因為教室只有他們兩人，艾莉莎和往常不同，完全沒隱藏看好戲的心情，掛著壞心眼的笑容歪過腦袋。

「怎麼了？」

「不對，居然問我怎麼了，我才想問妳怎麼了？」

「這是你幫我拿襪子的謝禮。這對你來說是獎賞吧？」

「不對，把這種事當成獎賞的人，只有一部分特殊的……」

「哎呀，不是嗎？」

艾莉莎一臉意外般地雙手抱胸，再度重新交疊雙腿，政近猛然轉頭移開視線大喊：

「不！這是獎賞～～！」

政近原本想繼續說：「夠了吧！拜託饒了我吧！」……但是還沒開口，艾莉莎輕聲說出的俄語就傳入他的耳朵。

【不過對我來說也是。】

斜眼瞥向艾莉莎，直到剛才的惡作劇表情消失無蹤。

艾莉莎不自覺地臉紅，玩弄頭髮移開視線。看到這副表情，政近的大腦朝著奇怪的方向全速運作。

艾莉莎以俄語遮羞的行為是怎麼回事？

政近從以前就在思考這個問題。後來他得出「艾莉或許是心理層面的暴露狂」這個結論。

艾莉莎是完美主義的努力派。為了成為心目中理想的自己，她總是嚴以律己，不斷努力。

不過，愈是在平常壓抑自己的人，愈容易找管道宣洩內心累積的壓力。政近在某處聽過這種事。

而對於艾莉莎來說，以俄語遮羞的這種行為正是在宣洩壓力吧。

如同不穿內衣出現在公眾場所的暴露狂，或許她在別人面前說出害臊的話語，是要享受可能被拆穿真相的驚險刺激感。

政近是這麼推測的。換言之，他想表達的意思是……

（既然是妳情我願就沒問題了！）

按照政近的理論，艾莉莎是享受害羞感覺的人種。換句話說艾莉莎會開心，他也會開心。是的，這是雙贏的關係！

……如果別人聽到這種說法，肯定接連說出「這是哪門子的邏輯？」「心理層面的暴露狂是什麼？」「犯罪的每個人都說是你情我願喔」等各種吐槽，不過說來悲哀，政近的腦中沒人負責吐槽。

但是政近在這個階段依然在猶豫。雖說是妳情我願，卻是以俄語成立的。這時候還是希望以日語徵得許可。

「妳剛才說什麼？」

基於邪惡至極的這個構想，政近重新面向正前方詢問。艾莉莎隨即露出挑釁的笑，以政近預先猜測到的方式掩飾。

「沒有啊？我只是說『你這個窩囊廢』。」

我就是在等妳這句話。政近在內心振臂握拳，露出深感遺憾的表情。艾莉莎對他露出瞧不起的笑容，解開交疊的雙腿。

「哎，算了。我自己穿──」

「不，沒這個必要。」

「咦──？」

艾莉莎正要收回襪子的時候，政近拿著襪子當場跪下，使得艾莉莎一臉詫異。

不過在下一瞬間，右腿被政近伸手扶住，她大幅睜開雙眼。

「呀啊？」

別人的指尖從腳跟撩到腳踝，酥癢又不舒服的這種感覺，使得艾莉莎驚聲尖叫。右腿反射性地往上彈，她連忙按住裙子。

「喂喂喂，別亂動啦。」

「要……要我別亂動……啊，等一下──！」

差點發出奇怪的聲音，艾莉莎就這麼以右手按住裙子，迅速以左手摀嘴。

政近傻眼看著這樣的艾莉莎，嘴角露出詭計得逞的笑容開口說：

「怎麼了，是妳叫我幫妳穿吧？」

「是……沒錯啦，可是──！」

「被妳說成窩囊廢，我終究還是有尊嚴要顧的。」

「等一下，我還沒做好心理準備──」

但是政近對艾莉莎這句話不以為意，雙手拇指撐開襪口，輕輕將襪子套在艾莉莎腳上。

襪子從趾尖往上爬的觸感，彷彿有一道電流竄上艾莉莎的背脊。

「啊，不要──」

然後，政近的拇指隔著襪子的薄布碰到艾莉莎的大腿──

「～你在摸哪裡啊！」

「啊噗嘶！」

艾莉莎的腿情急之下往上踢，漂亮命中政近的下巴。政近就這麼跌坐在地，後腦勺用力撞上自己的椅子。

「～～～～！」

「啊，對……對不起。還好嗎？」

看著政近倒地蜷縮抱頭痛得要命，艾莉莎內心的擔憂終究蓋過其他情緒，暫時忘記害羞與憤怒表達關心之意。政近在她面前朝著地板顫抖伸出右手，食指撫過地板。

就像是以自身鮮血寫下死前訊息的瀕死傷患。

實際上政近的手指頭沒沾血，就只是指尖撫過地板，不過艾莉莎卻清楚看見政近想寫的字。

簡單的「粉紅色」三個字。

「！」

認出這三個字的瞬間，艾莉莎猛然按住自己的裙子。臉蛋立刻因為憤怒與害羞而通紅。

「～你這，唔～～」

大概是不知道如何將怒火宣洩在倒地的政近，艾莉莎反覆開闔右手，暫時發出不成聲的聲音，接著慢慢抓起政近桌上的另一條襪子，迅速套在左腿。

等到雙腳穿上室內鞋之後，她以俄語朝著依然死在地上的政近大喊：

【真是不敢相信！笨蛋！去死吧！】

艾莉莎像是孩童般地怒罵之後，以粗魯的腳步走出教室。剛好在這時候要進入教室的兩名女同學，被艾莉莎非比尋常的模樣嚇到，連忙讓路。

「咦？什麼？艾莉公主剛才好像叫了好大一聲？」

「那是俄語吧？怎麼回事？咦？公主大人神智錯亂了？」

兩人一起露出錯愕表情目送艾莉莎的背影，然後不經意看向教室，發現正在揉著後腦勺的政近。

「早安，久世……發生了什麼事？」

「啊啊，早安……不，沒什麼。」

「早安，久世同學……你的頭怎麼了？」

「沒有啦……總覺得這個部位好像冒了痘痘。」

「嗯～～？」

兩人狐疑歪過腦袋，坐在自己的座位。政近假裝沒察覺這兩人的疑惑視線，拿出手機開啟簡訊應用程式，傳訊息給妹妹。

『老妹啊，大事不妙。』

她大概正在搭車上學，訊息立刻變成已讀，傳來回應。

『我親愛的哥哥大人，怎麼了？』

『聽完別嚇到啊，其實……』

『洗耳恭聽。』

她傳來一張戰慄發抖的動畫角色貼圖。政近看著充滿緊張感的這張貼圖，以一副痛恨至極的表情輸入訊息。

『我……說不定是腿控。』

『你說什麼……？你這傢伙不是道地的奶子星人嗎？』

『是啊……唔！沒想到我居然有這種癖好！』

『這樣啊……看來你終於明白腿的美妙了……』

『好像是。』

『腿很棒啊？雖然肉肉的大腿很讚，不過鍛鍊過像是羚羊的健美雙腿也難以抗拒。』

『喔喔，老妹妳真是了不起。』

『嗯……話說老哥。』

『嗯？』

『這是什麼白痴對話？』

『抱歉。』

隔著手機被妹妹潑冷水，政近表情變得嚴肅。他收起手機，無力趴在桌上。

「這下子怎麼辦呢……」

政近自己也知道剛才在各方面做得太過火了。感覺最好現在就去道歉，不過艾莉莎自尊心那麼強，要是現在貿然前去道歉，可能反而會令她態度更加強硬。

「哎，等她回來再思考吧。」

艾莉莎也不是孩子了。等她冷靜之後，或許會意外以一如往常的樣子回座。

◇

先說結論，不是政近想的那樣。

「呃～～那麼今天要通知的事情說完了。啊啊，敬禮就免了，再見。」

班導迅速說完之後匆忙離開教室。早上的班會時間很快結束，所以距離第一節課還有將近五分鐘的時間。

不過，一年B班的學生們沒人離席，只聽到有人開始壓低聲音悄悄討論某些事。老師之所以提早結束班會時間，學生們之所以有點緊張，原因只有一個。

因為我們的艾莉公主一改平常的撲克臉，托腮板著臉徹底釋放不悅氣場。

「（欸，我問你……那邊是發生了什麼事？）」

「（不知道……不過聽說是和久世同學有關。）」

「（是沒錯啦，艾莉同學心情不美麗，只可能是久世同學惹她生氣吧。具體來說是發生什麼事？）」

「（我剛才有聽到艾莉公主放聲大喊耶？）」

「（咦？她說了什麼？）」

「（天曉得？她說俄語所以聽不懂。）」

教室各處輕聲傳來各種臆測，毅在這種狀況下悄悄離座，彎著腰偷偷去找政近。

「（欸，我問你……）」

「（什麼事啊？）」

政近懾於周圍的氣氛，不自覺同樣輕聲回應。毅隨即將嘴湊到政近耳邊打耳語。

「（聽說你惹艾莉同學生氣之後挨了延髓斬，真的嗎？）」

「為什麼變成這樣？」

政近忍不住大叫，被艾莉莎狠狠一瞪就縮起脖子。

順帶一提，「延髓斬」是跳起來朝對方後腦勺攻擊的迴旋踢。

即使是壞孩子也絕對不能模仿這種招式。

「（艾莉不可能使用這麼危險的招式吧？）」

「（我……我想也是。）」

「（是啊，頂多只是下顎挨了倒掛金鉤踢。）」

「（慢著，這就某方面來說也很危險吧？）」

毅以為是玩笑話而露出苦笑，政近心想「不過我一半是說真的」含糊一笑。

「（所以艾莉公主為什麼不高興到那種程度？）」

「（沒有啦，那是……）」

「（反正是你做錯事闖禍吧？好啦，給我從實招來！）」

「（唔～～總之要說做錯確實有做錯吧？）」

老實說，做錯事了。闖禍了。不過要是這時候自首「我摸了她的腿還看見內褲」，明顯立刻就會接受學年審判並且全票通過公開處刑。

所以政近運用話術迴避毅的追問，思考有什麼方法能讓艾莉莎心情變好。

「啊啊～～艾莉？」

總之先道歉吧。政近向托腮看向窗外的艾莉莎搭話。然後艾莉莎只將視線移向政近，以恐怖的聲音回應：

「……怎麼了，久世同學？」【這個腿控色狼。】

總覺得聽到副聲道了。她以俄語在「久世同學」旁邊加註小字。

被她這麼說的政近也想大聲辯解，但是既然假裝聽不懂俄語就無法多說什麼。

總之要是反駁說「可惜我是奶子星人」，艾莉莎心中的政近股價肯定創新低，全班女生也會搶著拋售政近股，所以到頭來保持沉默應該才是正確答案。

（不過啊～～仔細想想，我做的事情沒那麼嚴重吧？）

艾莉莎的冷淡反應，使得政近內心冒出這種想法。

政近摸艾莉莎的腿，原本就是艾莉莎自己的指示，因為害臊而往上踢的也是艾莉莎。

看見內褲是不可抗力的結果，後來以死前訊息的方式提醒應該是多此一舉，不過這也是貼心暗示自己不在意艾莉莎動粗抵抗……政近不太能接受只有自己被視為錯的一方。

不過他知道，男生在這種狀況往往屈居劣勢，所以決定別亂說話直接道歉。

「那個，對不起。剛才各方面惹妳生氣。」

「……我不介意啊？畢竟我也有錯，而且我已經沒生氣了啊？」

政近「那妳為什麼看起來這麼不高興啊～～」的內心疑問，以及全班同學偷聽之後「絕對在說謊……」的內心感想重疊在一起。

不過，其實她沒說謊。實際上艾莉莎已經沒生氣了。

現在艾莉莎的心裡，是腿被碰觸、內褲被看見的害羞情感。

不只如此，雖說是因為政近的反應很有趣，不過主動要求「幫我穿吧？」的自身行徑也令她害羞。

還有，後來她像是孩童般地大呼小叫，這些行為造成的害羞情感填滿艾莉莎的心。

如果地上有洞，她好想鑽進去封住洞口進行隔音加工之後喊個痛快。

她只是為了不讓自己的內心想法顯露出來，才會刻意對外散發「我心情不好！」的氣場。

不過政近猜不透這種少女心，就只是不知如何是好。

鐘聲在他猶豫的時候響起，老師進入教室開始上第一節課。

「好～要開始上課了～那麼，值日生九——久世，喊口令吧。」

數學老師確認黑板角落所寫的值日生名字，不經意看向艾莉莎，然後自然而然指名政近。

（（（我懂這種心情。）））

除了某人，班上所有人的心情團結一致。

「……起立，敬禮。老師好～～」

「「「老師好～～」」」

自然地變得不太自然的招呼打完之後，一直以莫名緊張的氣氛上課。

對於政近來說，早起的弊害果然引得睡魔逐漸接近，不過政近終究沒有勇猛到能在這種氣氛之中打瞌睡。

就算這麼說，他也無法專心上課，專心在腦中摸索討好公主大人的方法。

「那麼，今天上到這裡……久世，喊口令吧。」

「……起立，敬禮。謝謝老師～」

「「「謝謝老師～」」」

數學老師直到最後都堅持不看艾莉莎，就這麼離開教室。政近也像是隨後跟上般立刻衝出教室，快步前往設置在避難出口外面的自動販賣機。獲得目標商品之後隨即掉頭回到教室，恭敬獻給鄰座的艾莉莎。

「公主，今天請務必收下這個放過小的一馬。」

政近說完獻出的是……在「征嶺學園到底有誰會買的排行榜」堂堂創下連續十四年冠軍記錄的商品，名為「甜蜜蜜紅豆湯」。補充說明一下，內容物可以形容為液狀紅豆餡，是極度甜膩到口乾舌燥的飲品。

（（（為什麼是紅豆湯？）））

班上同學們以「你瘋了嗎？是在挑釁公主嗎？」的眼神看向政近，不過政近知道，艾莉莎常喝這種會讓血糖飆高的飲料。

「……我剛才不是說我沒生氣嗎？」

「是的，您當然說過。小的希望至少用這個表達謝罪的誠意。」

「……總之，我就收下吧。」

「謝公主～」

不出所料，艾莉莎從政近手中收下這罐飲料，開罐之後一口氣喝光。班上紛紛投以戰慄的視線。

「感謝招待。」

「啊，空罐這邊會負責處理。」

「這種小事不必了啦。」

「不不不，小的可不能勞煩公主動手。」

「那就不要演這種奇怪的戲。」

「遵命。」

雖然語氣依然刻薄，政近卻覺得艾莉莎散發的氣息柔和了些。他對此鬆了口氣，回到自己的座位……然後發現一件嚴重的事。

（啊，慘了……我沒有下一節課的課本。）

以往在這種時候會請艾莉莎借他看。不過要是在這個狀況厚臉皮說「課本借我看吧？」這種話，艾莉莎稍微變好的心情或許會急遽惡化。

這麼一來，全班肯定會朝他投以責備的視線。

（沒辦法了……）

檢視書包與抽屜之後僵住的政近，被艾莉莎投以疑惑的視線。政近像是要逃離這雙視線般地轉頭，朝另一側的女生開口說：

「抱歉，可以借我看一下課本嗎？」

「咦？啊啊……嗯，好。」

鄰座的女生像是猜出端倪般地露出苦笑，爽快點頭答應。政近對此心懷謝意，將課桌併過去之後，有驚無險鬆了口氣。緊接著……

【花花公子。】

隨著這句俄語的呢喃，教室氣氛變得更加冰冷。

（到底要我怎樣啦……）

政近的嘆息無濟於事，這天的一年B班教室，一直維持著莫名緊張的氣氛上課。

Иногда Аля внезапно кокетничает по-русски

第4話　姊妹百合，我並不討厭

「我回來了。」

艾莉莎打開住處大門向屋內打招呼，姊姊瑪利亞隨即從客廳探頭。相較於基本上面無表情的艾莉莎，瑪利亞基本上總是常保笑容。

現在也是掛著花朵綻放般的軟綿綿笑容，開心迎接妹妹返家。

「艾莉，歡迎回來～～」

瑪利亞滿臉笑容張開雙手接近，以臉頰依序貼向她的右臉、左臉與右臉頰，最後緊抱艾莉莎。

該怎麼說，世間的百合愛好者看見這一幕應該會心花怒放。

「瑪夏，我回來了。」

接受姊姊的熱情擁抱，艾莉莎輕拍她的手臂要她鬆手。至今掛著喜悅笑容的瑪利亞隨即放開艾莉莎，不悅地鼓起臉頰。

「真是的，明明說過在日本要叫我『姊姊』吧？」

「到現在還這麼要求，我才不要。」

對於艾莉莎的冷淡反應，瑪利亞不滿的臉頰愈鼓愈大。

俄語本來就沒有日語裡「姊姊」或「哥哥」這種特別的稱謂。

無論是姊姊還是哥哥，基本上都以名字稱呼。俄羅斯出生的艾莉莎也按照這個習慣以暱稱稱呼姊姊，不過瑪利亞好像喜歡「姊姊」這種稱呼方式，屢次要求艾莉莎這麼叫她。

「嗚嗚……艾莉好冷淡……」

瑪利亞發現不滿的表情沒用，立刻改成可憐兮兮的表情，艾莉莎以傻眼的視線看她。雖然早就不是第一次，不過看到姊姊露出這種表情，艾莉莎會莫名覺得自己做錯事。

但是無論如何，艾莉莎還是抗拒叫她「姊姊」。兩人原本就是穩重的妹妹與隨性的姊姊。

身高方面也是艾莉莎比較高，加上彼此只差一歲，從以前就經常是由艾莉莎照顧瑪利亞。

因此，艾莉莎不太將瑪利亞當成「姊姊」看待。

（說起來，叫「姊姊」聽起來像是在撒嬌……）

如果稱呼「瑪夏姊」還可以考慮，但是瑪利亞說「這我不要」所以作罷。

艾莉莎決定不以為意，脫掉鞋子換上拖鞋，此時瑪利亞驚訝歪過腦袋。

「……艾莉，總覺得妳心情不好？」

「……沒有啊？」

艾莉莎連忙露出疑惑表情，掩飾內心的慌張。不過即使這樣搪塞，對於這個姊姊還是不管用的樣子。

「這個反應……果然照例是那個男生嗎？妳和久世發生了什麼事？」

瑪利亞頓時眼神閃亮展露看好戲的心態，艾莉莎不耐煩地走向盥洗室。

「沒事啦。」

「妳說謊，騙不了姊姊的。欸，發生了什麼事？」

後來瑪利亞也像是跟屁蟲般地黏在艾莉莎身後持續追問。

瑪利亞跟進房間時，艾莉莎終於認命。她沒換掉制服坐在椅子上，瑪利亞一屁股坐在地板的坐墊催促說明，艾莉莎不情不願地開口：

「真的沒什麼大不了的……只是稍微吵架了。」

「哇～～吵架！」

正常來看絕對不是在稱讚的這個詞，不知為何令瑪利亞開心到眼睛發亮。

「……怎麼了？」

「因為……嘻嘻，艾莉居然會吵架，這是很稀奇的事吧？而且還是和男生吵架。」

「算是吧。」

「原來如此，打動艾莉芳心的男生終於出現了。」

「那是怎樣？」

瑪利亞說得話中有話，艾莉莎不禁皺眉。接著瑪利亞露出通情達理的表情開口：

「妳喜歡那個久世吧？」

「……啊？」

艾莉莎毫不客氣以「這個腦袋脫線的姊姊在說什麼？」的視線射向瑪利亞的臉蛋，然後無奈搖頭。

「我不知道妳誤會了什麼……但我們不是這種關係。我們是……唔……」

昨天午休的光景在艾莉莎腦海重現，以詫異表情斷言彼此是朋友的政近臉孔。

「嗯……是朋友。」

艾莉莎掛著回憶往事的笑容，洋洋得意地這麼告知。看到像是在炫耀的這張表情，瑪利亞眼神變得溫柔。

「這樣啊～～原來如此……不過，你們為什麼會成為朋友？艾莉，妳討厭粗枝大葉

或是個性不正經的人吧？」

「因為……」

瑪利亞說的沒錯。而且平常的政近沒有幹勁，自甘墮落……完全是艾莉莎討厭的人種。

自己為什麼承認這樣的政近是朋友？艾莉莎回想記憶裡成為原點的那段往事。

◇

【小組發表會的冠軍是……B組！】

班上響起一陣掌聲。其中只有一名少女低頭咬著嘴唇。

艾莉莎。當時是小學四年級。這是在俄羅斯海參崴某所小學發生的事。

這時候的艾莉莎，察覺自己和周圍的人們不一樣。

起因是班上舉辦的分組研究發表會。

班上學生以四到五人為一組，在兩週之內研究某個主題，將查到的內容整理成海報發表。

艾莉莎這組發表的主題是「在地的工作」。採訪附近的商店或是自己的家人，調查他們在做什麼工作。是很像小學生會選擇的平凡內容。

不過，無論是什麼內容都不會敷衍了事，這就是艾莉莎。

當時艾莉莎已經明顯是不服輸的個性，做任何事都想拿第一。對她來說，在發表會拿下第一——也就是冠軍，是極為理所當然的目標。

然後，艾莉莎為了贏得冠軍而全力以赴。

每天放學後，在自己分配到的區域採訪店家直到晚餐時間，一週內調查到的內容幾乎寫滿一本筆記本。

不過，做好萬全準備進行小組討論的那一天……

另外三名組員的話語使得艾莉莎錯愕。

【啊，抱歉。我沒去調查。】

【這間是麵包店，這間是服飾店。咦？工作的內容？這種事還用說嗎？麵包店當然在賣麵包，服飾店當然在賣衣服吧？】

【抱歉，我連一半都沒查完。不過反正還有一週，沒問題吧。】

這實在是……從艾莉莎的角度來看，這些調查內容實在是太草率了。

另外三人查到的情報全部加起來，也不到艾莉莎所調查情報的一半。

不只是這個事實，更重要的是三人即使這麼不像樣，也完全沒有表現出慌張或感謝，使得艾莉莎氣到目瞪口呆。

三人看見艾莉莎所整理筆記時的反應，導致她怒火中燒。

【唔哇，這是什麼？妳到底多認真啊？】

【很詳細耶。怎麼想都用不到這麼多吧？】

【艾莉……這些一定要全部看完嗎？】

三人以不敢領教的眼神看她，露出一副像是「啊～～妳白費工夫」的苦笑。

（咦？是我錯了嗎？）

這個疑問浮現腦海的下一秒，怒氣從艾莉莎內心深處湧現。

不對，我沒錯。我只是認真面對老師給的課題，全力以赴。

我沒做錯，做錯的是他們。

瞬間湧上心頭的憤怒與反感。艾莉莎還過於年幼，不足以克制這些情感。

【欸，為什麼不認真做？】

像是瞪視的眼神，以責備語氣說出的帶刺話語，使得善感的小學生敏感做出反應。

接下來沒多久就演變成激烈的口角衝突。

由於正在上課，所以老師立刻介入阻止，不過在這短短的時間內，艾莉莎與三名組員之間出現再也不可能互助合作的裂痕。

【既然看我們這麼不順眼，那妳一個人做吧！】

你一言我一語。聽到一名男組員這麼說完，艾莉莎嚥不下這口氣。

後來艾莉莎花費剩餘的時間，想盡量將發表內容提升到自己能接受的水準。

不過，一個人能做的事終究有限，完成的發表內容實在沒達到艾莉莎心目中的水準，她想要的冠軍到最後落入別組手中。

艾莉莎無法理解。

無法理解同學們為何不肯認真完成老師給的課題。無法理解他們為何笑嘻嘻不把敗北當成一回事。

（明明只要大家和我一樣認真，那就絕對不會輸了。不，明明只要從一開始就由我自己一個人做，那就絕對會贏了！）

我和其他人不一樣。只有我認真，只有我真的在努力，只有我真心想贏。

明白這一點的時候，艾莉莎不再期待別人。

反正沒人跟得上我的水準。沒人願意以和我一樣的熱忱認真努力。

那就隨便你們吧。我絕對不會輸給缺乏努力與幹勁的這些人。你們恣意玩樂的時候，我會爬得比任何人還高。

不需要別人的協助。全部由我一個人做。要是抱著不上不下的決心或是單純基於義務感出手幫忙，反而會造成我的困擾。

即使年齡增長，習得某種程度的社交能力，艾莉莎的這個基本想法也沒改變。不，反倒是逐年變得堅定。

每次感受到同學們的幹勁多差、水準多低，對於他人的失望就逐漸累積，不知何時她變得下意識瞧不起旁人。

艾莉莎自覺這一點之後，為了避免和周圍產生摩擦，開始在對待他人的時候保持距離。

真的是孤傲。和他人截然不同的天生才華與不服輸的個性，造成她的孤傲。

到了國中三年級，艾莉莎因為父親工作需求而回到日本。

在父母建議之下就讀的征嶺學園，據說是在日本首屈一指的名校。在這裡或許有人能和我並駕齊驅，在競爭之中切磋琢磨，艾莉莎懷抱著一絲期待。

但是在入學沒多久之後的實力測驗，艾莉莎的這一絲期待被狠狠背叛了。

她拿下學年第一名。自己是經過五年才回到日本，連測驗傾向都不知道的轉學生。即使背負這些不利條件，她還是拿下學年第一名。

（什麼嘛，這裡果然也只有這種水準。）

到頭來，我在這裡也是孤單一人。

正當這種死心的念頭即將填滿內心時，艾莉莎認識了他。第一次的邂逅是轉學當天。四月一日的早晨。

「九条同學，妳日語說得真好。以前也住過日本嗎？」

「好漂亮。我第一次看見銀髮。」

「欸欸，聽說妳輕鬆通過那個據說難如登天的轉學測驗，真的嗎？」

同班同學盡顯好奇心蜂擁而至。艾莉莎內心雖然有點抗拒，依然在不失禮的範圍適度應付。

瞧不起周圍人們的我，無論和任何人走得近，對雙方來說都不是好事。

不只是害得對方留下不舒服的回憶，艾莉莎也會察覺這樣的自己而留下討厭的回憶。

所以，艾莉莎在這裡也不想和任何人走得近。

「啊，預備鈴響了。」

「咦，已經響了？沒辦法了，九条同學，晚點再聊吧。」

「下一節休息時間也要說給我們聽喔。」

「好的。」

艾莉莎目送同學們依依不捨陸續回到自己座位，然後視線落在旁邊的座位。

「……………」

明明剛才騷動到那種程度，那個座位的男學生卻好像完全不以為意，就這麼趴在桌上。

過於隨性的這副模樣，激發艾莉莎不少的好奇心。當她回神的時候，自己已經輕輕搖晃這個同學的肩膀，首度主動搭話。

「那個……預備鈴響了耶？」

「唔……嗯啊？」

聽到艾莉莎聲音慢慢抬頭的他，是表情散漫、容貌平凡的男學生。

他就是久世政近。久世與九条。只因為姓氏發音相近就相鄰而坐的男學生。

政近以心不在焉的表情看向艾莉莎，然後眨了眨眼睛歪過腦袋。

「啊啊～～妳是在開學典禮上打招呼的轉學生？」

「嗯，我是艾莉莎．米哈伊羅夫納．九条。請多指教。」

「喔喔……我是久世政近。請多指教。」

政近只說完這些就重新面向前方用力伸懶腰。然後他露出察覺某件事的表情，輕戳前方座位男生的背。

「喔喔～～光瑠，你也在這班嗎？」

「在啊……順帶一提，毅也在這班。」

「喔，真的耶。我剛才在睡覺所以沒發現。」

政近至此不再在意艾莉莎，逕自愉快聊天，艾莉莎見狀略感意外。

艾莉莎自覺容貌明顯優於他人。

在人際關係之中，美麗是武器之一。理解這一點的艾莉莎，當然也不遺餘力琢磨自己。雖然因為會違反校規所以沒化妝，但她依然自負美麗程度比起普通藝人毫不遜色。

即使對於吸引異性不感興趣，不過她知道自己的容貌，尤其這頭銀髮是眾人注目的焦點。

正因如此，所以幾乎唯一對她不感興趣的政近令她留下印象。

不過，自從艾莉莎開始好奇觀察政近，她很快就察覺了。

政近並不是對女生沒興趣，也不是對他人沒興趣。他只是對任何事都沒有幹勁。

會忘記帶課本；會在上課時睡覺；會在該節課之前的休息時間才匆忙趕作業；會在體育課低調敷衍混過。從他無精打采的態度完全感受不到幹勁。

（雖說是名門學校，不過到處都有這種學生。）

艾莉莎至此對這個鄰人失去興趣。這份心態是在九月的校慶產生變化。

國中最後的校慶。許多國中生在這個時期為了升學測驗而忙碌，不過這所學校的學生幾乎都只是以直升的形式進入高中部，所以不必急著念書準備考試。

反而還因為擔任校慶實行委員的毅提議要在最後玩一次大的，所以班上決定推出鬼屋。

不過，只是在剛開始的時候充滿幹勁。大家在企畫會議的階段都躍躍欲試，等到實際開始準備，枯燥又辛苦的工作就使得班上的動力與日俱減。

艾莉莎察覺這股氣氛，早早就決定由自己負責大部分的工作。

「好痛！」

放學後。艾莉莎獨自留在班上縫製服裝。針不小心刺到自己的手指，她趕快鬆手。將冒出血珠的手指含在嘴裡消毒，用力施壓止血。在傷口貼上ＯＫ繃，以免還沒完成的服裝沾到血。

不習慣針線工作而傷到手指，並不是第一次的經驗。裹在艾莉莎手指的ＯＫ繃已經累積到第五片。

不過，即使因為手指傳來刺痛而板起臉，艾莉莎依然繼續工作。

不能因為這種程度的事情就氣餒。既然自己參加了，就絕對不能拿出不上不下的成品。這個決心使她再度面對服裝。

「啊，果然還在嗎？」

就在這個時候，教室拉門發出聲音開啟，剛才班會結束就立刻不見蹤影的政近進入教室。

「久世同學……怎麼了？」

「辛苦了。總之我剛才在忙一些事。」

政近含糊其詞，低頭瞥向手上的幾張文件。艾莉莎也跟著看向文件，卻不知道那是什麼。

「總之，九条同學妳今天也回家吧。這些工作等明天大家一起做就好。」

聽到政近聳肩這麼說，艾莉莎不太高興。

（說得這麼悠哉會來不及的……何況就是因為大家都不做才會由我來做吧？）

她將不耐煩的心情轉換為明確的拒絕，加重語氣冷淡回應：

「不用在意沒關係的。我再做一些就會回去，所以別管我。」

「……啊啊～哎，嗯。」

政近坐在自己座位，視線稍微游移，然後搔了搔腦袋，以若無其事的語氣這麼說：

「縫製服裝的工作，我已經去拜託手工藝社幫忙，所以交給他們就好。」

「咦……？」

「還有這個。」

意料之外的話語使得艾莉莎愣住，政近將手上的文件遞給她。

「這是集訓所的使用許可。如果是在學校過夜的活動，沒動力的傢伙也會提起幹勁吧？」

「什麼……這種東西，你是怎麼……」

「唔～總之，就是去學生會那邊協調一下。然後用前副會……更正，拜託前學生會長，靠她的人脈處理一下。」

政近突然說得吞吞吐吐，艾莉莎投以懷疑的視線，不過政近像是迴避追問般地繼續說：

「嗯……總之，就是這麼回事。我以提供男生當人手為條件，讓手工藝社答應幫忙。只要說可以趁這個機會對手工藝社的女生展現可靠的一面，某些男生應該會樂意接受。關於集訓的準備……哎，接下來就是毅的工作吧。」

「咦？」

「總之九条同學，今天先回家吧。妳一個人努力也於事無補吧？」

政近無心的這句話，引爆艾莉莎累積至今的情感。

「你說於事無補……是什麼意思？」

因為不習慣針線工作而陷入苦戰累積不少壓力時，平常認定毫無幹勁而暗中鄙視的這個人卻提供解決之道，最後還否定自己至今的努力。

這個事實衝垮艾莉莎內心的防波堤。

回過神來，艾莉莎將手上縫到一半的服裝狠狠甩在桌上。

她就這麼順勢站起來，狠狠瞪向政近。

「我是……！既然我參加了，我就想做得盡善盡美！絕對不想以不上不下的形式迎接校慶來臨！絕對不想妥協！」

艾莉莎自覺有一半以上是在亂發脾氣，卻無法停止說下去。

「可是……我知道這種事只是我的任性！知道大家都沒有我這麼認真！所以我要連大家的份都努力！我哪裡錯了嗎？」

任憑情感的驅使槓上某人。艾莉莎上次這麼做，已經是小學時代的事。

平常在好壞兩方面都不會將情感顯露出來的艾莉莎，表現出最真實的激動心情。

對此，政近睜大雙眼，但他如此斷言：

「妳努力的方向錯了吧？」

「咦——？」

出乎意料當面遭受反駁，艾莉莎大吃一驚。政近筆直注視艾莉莎，平靜說下去：

「校慶推出的東西不應該是一個人製作的，而是大家同心協力製作的吧？既然想做得盡善盡美，就不應該認定大家都沒有幹勁而放棄，而是思考如何讓大家提起幹勁吧？」

「……」

面對這雙筆直的視線，面對這個無從反駁的正確論點，艾莉莎忍不住想轉過頭背對對方。

但是艾莉莎的自尊不允許這麼做。她心想不能默默認輸，努力瞪著政近還擊。然而在艾莉莎要開口進一步反駁之前，政近忽然移開視線。

「……不過，妳聽我那麼說應該會火大吧。對不起。我知道九条同學很努力，也不想否定這一點。」

「啊——」

看到政近稍微低下頭，艾莉莎不知道該怎麼做。

亂發脾氣被他以道歉回應，高舉的拳頭迷失方向。

最重要的是「我知道九条同學很努力」這句話莫名壓迫胸口，使得艾莉莎無法呼吸。

「……我要回去了。」

到最後，艾莉莎像是擠出聲音般地只說這句話，一把抓起書包快步走出教室。

（這是怎樣……？這是怎樣啊，真是的！）

各種情感捲成漩渦擾亂內心，艾莉莎拚命克制這種感覺，在校內行走。隱藏在不滿與後悔深處的些許喜悅，她假裝沒有察覺。

◇

——隔天。

「兄弟們！集訓了喔喔喔喔——！」

因應校慶舉辦的會議，以毅這聲亢奮到不行的咆哮開始。

班上同學們不明就裡而困惑，毅以興奮的語氣向眾人說明，政近已經取得集訓所的使用許可。

「一邊為校慶做準備，一邊在晚上利用校舍玩捉迷藏試膽！這是各種娛樂活動一應俱全，專屬於我們的前前前夜祭——！唔喔喔喔喔——！」

看著失控的毅，班上同學苦笑說出「不只是前前前夜，是一週前喔」或是「重點不是校慶的準備，是玩樂吧？」等感想，卻也像是被他的亢奮帶動而展現積極態度。

眾人七嘴八舌完成當天的計畫表，當會議結束的時候，所有人都開心聊著當天要做的事。

熱絡程度更勝於決定校慶企畫的那時候。

然後，準備校慶的集訓日來臨了。不只是晚上的娛樂活動，還有女生親手製作的料理當誘餌，因此男生們異常努力，快馬加鞭順利進行各種準備。

高昂的士氣延續到集訓之後，校慶當天完成的鬼屋品質達到……不對，是超過艾莉莎心目中的水準。

最後他們的營業額拿下全校第一名，甚至還獲得校方表揚。

「啊……」

「啊啊，九条同學，辛苦了。」

一切都結束之後的後夜祭。學生們在操場圍成一圈跳著土風舞時，艾莉莎以餘光看著眾人邊走向校舍，遇見坐在玄關前方階梯的政近。

政近手肘撐在膝蓋托腮，帶著苦笑看向操場。

艾莉莎沿著他的視線看去，毅似乎正在逐一向每個女生搭話，光瑠反倒是接連有女生前來邀舞。

「哈哈，那些傢伙還真是辛苦。」

「……你不去嗎？」

完全置身事外般微笑的政近聽到她這麼問，揚起單邊眉毛聳了聳肩。

「嗯？反正我也沒舞伴……話說回來，這所學校在這種地方還停留在昭和時期耶。都這個時代了還在後夜祭跳土風舞……哎，不過終究沒有架營火就是了。」

「……可以坐你旁邊嗎？」

「嗯？啊啊，可以是可以……但妳不去跳舞嗎？妳應該不愁沒人邀舞吧？啊，難道說妳不會跳土風舞？」

「沒禮貌。別看我這樣，我從小就在學芭蕾舞哦？那種程度的舞蹈一學就會。不過因為嫌麻煩，所以我謊稱不會跳舞拒絕所有邀約了。」

艾莉莎輕哼一聲，將頭髮往後撥，然後坐在政近身旁。

「這還真是……辛苦妳了。」

「還好啊？我習慣了，所以不算什麼。」

「這樣啊。不愧是孤傲的公主大人。」

「那是什麼？」

看到艾莉莎疑惑蹙眉，政近感到意外般地回答：

「咦？妳不知道嗎？最近其他學生都是這樣叫妳的。」

「是喔……」

「感覺妳好像不太開心？」

「是啊，或許不太開心吧。」

「為什麼？因為被消遣沒朋友？」

「不是這個部分。還有，可以不要用這種瞧不起人的說法嗎？」

「對不起。」

被狠狠一瞪的政近縮起脖子，說著「被罵了」突出下唇做出逗趣表情。艾莉莎嘆氣之後繼續說：

「我不喜歡的是『公主大人』這四個字。」

「為什麼？一般而言這是稱讚吧？」

「是嗎？聽在我耳裡像是不知民間疾苦的童話角色。」

「啊啊～～哎，也可以這麼解釋嗎？」

「我確實天生擁有高人一等的容貌與天分，但是從來沒有因而自命不凡。我至今的努力被說成純粹是得天獨厚，我很不高興。」

「原來如此。」

聽到艾莉莎斷言不高興，政近表示接受。

「那麼，我會注意別這麼叫妳。」

「這樣啊。」

艾莉莎不以為意般地說完，就這麼看著正前方靜靜開口：

「……久世同學，謝謝你。」

「嗯？謝我什麼？」

「我……或許是第一次以這麼快樂的心情結束校慶。」

對於艾莉莎來說，班上的攤位總是令她頭痛。

自己每次都要代替其他成員做事，結束之後留下的疲憊感更勝於成就感。

然而這次不同，全班同心協力準備校慶的過程好快樂。

大家一起完成的成就感，比獨力完成的成就感還要強烈，如今在疲憊之中也有一種暢快的感覺。

「當時我確實錯了。因為如果只由我一個人做，我想我就無法以這種心情度過校慶……還有，當時對你亂發脾氣，對不起。」

艾莉莎即使移開視線依然好好地道了歉，政近像是感到不自在般地搖手。

「就說別在意了。而且我只是辦了一些手續，不像毅或妳那樣比別人加倍努力。」

政近說的沒錯，實際上帶領班上同學行動的是毅。不過賦予毅動力，將一切安排妥當的人是政近。

雖然政近看起來缺乏幹勁迷迷糊糊，其實為班上所有人準備了便於工作的環境，而且每次都扮演輔助的角色。

當事人說這沒什麼大不了的，不過艾莉莎知道政近正是最大的功臣。

「我會在意。我想做點事情，當成我之前亂發脾氣的賠禮……以及這次的謝禮。你有什麼願望嗎？」

「謝禮……謝禮是吧？」

「不准說你不需要。」

「唔～～嗯……」

被艾莉莎搶先斷了後路，政近歪過腦袋思索片刻，突然問了毫不相干的問題：

「這麼說來，我記得俄羅斯習慣以特別的暱稱來稱呼彼此吧？『艾莉莎』在俄羅斯的暱稱是什麼？」

「怎麼突然問這個？」

「艾莉夏？不，艾莉西卡，還是艾莉琪卡嗎？俄羅斯的暱稱記得是這種感覺吧？」

「……艾莉。家人都叫我艾莉。」

「這樣啊……那麼就讓我有權叫妳艾莉，當作是賠禮與謝禮吧。」

「這是怎樣？這哪裡算是謝禮？」

艾莉莎不明就裡皺眉，政近忽然露出冷笑表情。

「大家都崇拜的班上偶像，只有一個男生能以暱稱來稱呼她。太爽了！」

「你是笨蛋嗎？」

「謝謝您的責罵！」

「好喔！」

政近突然說起蠢話，艾莉莎露出不敢領教的表情不屑臭罵。此時，一直聚集在周圍的其中一名男學生前來搭話。

「那……那個，九条同學，不介意的話可以和我共舞嗎？」

「啊，你不准偷跑！艾莉莎同學，其實我一直對妳有意思，請和我跳舞！」

「你怎麼趁亂表白啊！那我也——」

以一名男生搭話為開端，一下子有五六個男生湧向艾莉莎。

看來即將來到最後一支舞的時間，所以他們鼓起勇氣前來邀舞。

「對不起，我不會跳舞。」

「沒問題的。我很會跳舞，會教妳跳。」

「啥？我跳得比他好。如何，選我比較好吧？」

「不，說真的，只要配合音樂搖晃身體就好了！」

艾莉莎在道歉的同時斷然拒絕，不過勇敢認為捨我其誰的男生們看起來毫不退縮。

面對逐漸拉近距離的男生們，艾莉莎輕輕瞇細雙眼起身。

「你們——」

然後，在她正要毫不留情放話拒絕的瞬間。

艾莉莎的右手忽然被人往旁邊拉。

「抱歉，我先約好了。艾莉，我們走吧。」

政近像是說給男生們聽般地這麼說完，抓著艾莉莎的手走向操場。

「等一下……！」

即使因為他過於強硬而出聲抗議，艾莉莎還是慌張跟上。

原本很想硬是掙脫之後賞他一巴掌，不過這時候的艾莉莎聽話到連自己都感到意外，就這麼跟在政近身後。

心臟好吵。視線離不開政近走在前方的寬大背影。

仔細想想，被異性強硬握手拉著走的行為本身，對於艾莉莎來說是第一次的經驗。

（對，這是第一次，我只是因而稍微亂了分寸。沒什麼更進一步的意義！）

當艾莉莎如此說服自己時，政近在學生圍成的圈圈停下腳步，最後一首曲子也在這時候開始播放。

「對了，記得妳剛才說過吧？妳說妳學過芭蕾，所以土風舞看了就會跳。」

「呃……是啊，所以呢？」

艾莉莎拚命重振精神如此反問，政近露出挑釁般的笑容。

「那就容我見識妳的本事吧？公、主、大、人？」

像是調侃的說法。從剛才的對話判斷，他的意圖顯而易見。

「……好大的膽子。你就好好努力跟上我的舞步以免丟臉吧。」

「拜託不要太過緊張踩傷我的腳哦？艾莉小姐？」

「……真敢說！」

政近露出像是要激怒對方的笑容，艾莉莎柳眉倒豎臉頰抽動。

原本是情侶共舞的最後一支舞，兩人以毫無甜蜜可言的氣氛上場。剛開始真的是學旁人一起跳，不過艾莉莎的舞步逐漸脫離準則。

艾莉莎優雅伸展修長的四肢，在夜晚操場輕盈舞動。即使符合舞曲的曲風，卻再也不是叫做土風舞的舞蹈。

然而政近確實配合舞伴的失控舞步。沒有並駕齊驅，卻也沒被拋到後頭跟不上。不會妨礙舞伴，同時巧妙應對以免舞伴過於失控。兩人的這場對決，因為彼此各自明確飾演主角與配角，所以這支雙人舞奇蹟似地成立。

（啊啊，沒錯……你就是這樣。）

在這場較量裡，艾莉莎內心得以接受一件事。這支舞以及這種應對，正是政近的風格。

自己不會走到台前，而是輔助他人。自己堅持站在幕後，讓他人綻放光芒。政近就是這樣的人。

「呵呵……啊哈哈！」

回神時，艾莉莎在笑。當成較量而開始的這支舞，艾莉莎不知不覺打從心底享受起來。

不過，這段時間沒有持續太久。後來舞曲沒多久就結束，舞蹈也結束了。艾莉莎即使覺得惋惜，還是放開政近行禮致意。

「哎呀～～終究了不起。我好不容易才跟得上。」

「是啊，我跳得很愉快。」

聽到艾莉莎率直這麼說，政近露出意想不到的表情眨了眨眼。

「……那麼，總之我先回去了。」

「哎呀？你不護送我嗎？」

「饒了我吧。要是我這麼做，打翻醋罈子的男生們會宰了我。」

「嗯～～這樣啊。我得到一個好情報了。」

艾莉莎朝著縮起脖子的政近咧嘴一笑，自然而然挽住政近的手臂。

「慢著，妳做什麼——」

「那麼，麻煩帶我離開吧？」

「……換句話說是要我死嗎？」

「這是你叫我『公主大人』的懲罰。」

「嗚呃……」

政近露出憔悴表情，卻沒掙脫手臂就踏出腳步。心想終於扳回一城的艾莉莎愉快地笑了。

事到如今，內心才因為自己的行動而冒出害羞的感覺，不過暢快的心情更勝於此。和某人一起並肩同行，這讓她開心得不得了。

前往校舍的短短路程中，艾莉莎覺得從小學時代那時候至今一直模糊存在於心中的孤獨感與疏離感，逐漸融化消失……

明明這麼覺得，但是到了隔天……

「早安。艾莉，不好意思，現代國語的課本可以借我看嗎？」

政近再度回復為沒有幹勁的政近。

「……」

「呃，喔，怎麼了？艾莉，妳的眼神變得像是看見垃圾耶？」

「你這人渣。」

「妳也太凶了吧？」

「……唉。」

政近露出僵硬的笑容哀號，艾莉莎刻意明顯嘆了口氣，撇過頭去。

然後，她就這麼看著另一邊遞出現代國語課本，說了一句俄語。

【昨天明明很帥。】

她輕聲這麼說。

在這之後，政近也沒有改變。

總是毫無幹勁使得艾莉莎傻眼，關鍵時刻卻比任何人都可靠。掛著若無其事的表情，不經意伸出援手。

對於將旁人都視為競爭對象的艾莉莎來說，政近的這種行為看起來很奇妙……同時也令她安心。

不需要和這個人競爭，不必一分高下。這個事實讓艾莉莎的心變得輕盈。後來艾莉

莎面對政近的時候，都可以完全放下競爭心態來對待。

對他平常毫無幹勁的模樣感到不耐而斥責，對他總是從容不迫的態度感到不甘心而捉弄。對他像是站在更高境界俯視的立場感到火大，以俄語卸下他的心防，嘲笑他沒察覺時的滑稽反應。

過著這樣的每一天，不知不覺就……

◇

「就喜歡上他了啊～～真棒！」

瑪利亞「啪」一聲合起雙手愉快這麼說，艾莉莎嘆了口氣。

「就說……不是這樣了。妳有在聽我說話嗎？」

「咦咦～～可是怎麼聽都像是兩人墜入情網的過程啊？」

「不要形容得這麼奇怪。剛才就說過我們是朋友吧？」

「嗯嗯，從朋友成為情侶。這是王道耶～～我和阿薩也是這樣喔～～阿薩，你說對吧？」

瑪利亞從深邃無比的乳溝間拉出一枚金色墜飾，以放鬆至極的表情朝著墜飾裡的照片說話。

如果這是漫畫，她的頭上大概會噴出愛心吧。姊姊完全進入戀愛少女模式，艾莉莎以微溫的眼神旁觀。

「不過……也對。在能力這方面……我認同他，而且也信賴他。」

艾莉莎移開視線，一副不情不願的感覺這麼說，瑪利亞看著戀人的照片點頭。

「嗯嗯，該行動時就會行動的男生很帥吧？阿薩也是這樣。以前我差點被狗咬的時候，阿薩出面救我的背影！真的是——」

「要曬恩愛的話可以出去嗎？」

「真是的，艾莉好冷淡！」

瑪利亞將臉頰鼓得圓滾滾的，艾莉莎投以冰冷的視線。

「還有，我喜歡平常就勤於努力的人。」

「艾莉，這妳就不懂了。平常有氣無力的男生，在不經意的瞬間展現男子氣概！這不是很好嗎～～？」

「這是見解的差異。平常沒有幹勁的久世同學真的讓我覺得很煩。」

大概是說著說著想起各種往事，艾莉莎加重語氣繼續說：

「真的，他經常忘記帶東西，會在上課的時候睡覺，而且！不管我怎麼訓誡，他也完全不覺得愧疚！老是笑嘻嘻吊兒郎當難以捉摸……不過也正因為這樣，我才能放心地想說什麼就說什麼……」

「嗯嗯。也就是說，你們之間確實存在著信賴關係吧？」

「為什麼變成這樣？」

「無論妳說什麼，久世學弟也絕對不會離開妳。妳就是明白這一點，才能放下競爭心態和他交談吧？而且久世學弟也容許妳這麼做。這樣的信賴關係不是很美妙嗎？」

出乎意料的犀利指摘，使得艾莉莎瞬間語塞。但她立刻重振精神否定。

「不對。久世同學是任何人看到都應該訓誡的學生，所以我也可以毫不客氣訓誡他，如此而已。確實……我承認他在某方面來說是可以交心的對象，但是不能直接連結到戀愛情感吧？何況所謂的『喜歡』是那樣吧？那個……像是想要約會，想要接吻之類的，是這麼一回事吧？我可沒想過這種事……」

艾莉莎自己說到一半害羞移開視線，瑪利亞見狀合起雙手，露出軟綿綿的笑容。

「艾莉，妳好可愛。」

「這是怎樣……在消遣我嗎？」

「沒那回事哦？艾莉，妳聽我說。不必特別去做約會或是接吻這種事。只要是喜歡的人，光是言語或肢體上的互動，就會醞釀出特別的感覺。」

瑪利亞得意洋洋挺起豐滿的胸口，以通情達理的表情說道。這段話使得艾莉莎眉頭一顫。

「……具體來說呢？」

艾莉莎難得上鉤追問。以為她會一如往常敷衍帶過的瑪利亞，有點吃驚般地眨了眨眼睛，將視線聚焦在遠方。

「唔～我想想……最好懂的就是牽手之類的？不需要真的牽手，如果是喜歡的人，光是碰到彼此的手就會臉紅心跳。雖然會害羞到想要放聲大喊，卻不會抗拒。感覺心情變得幸福，然後——」

「害羞到……想要大喊……」

大概是說著說著自己亢奮起來，瑪利亞逕自露出少女表情喜孜孜述說戀愛心得，看著戀人的照片嬌羞搖頭。

艾莉莎在她前方低頭注視自己的腿，緩緩將右腿伸到瑪利亞面前。

「嗯？什麼事？艾莉，怎麼了？」

「抱歉。可以幫我脫一下嗎？」

「咦？為什麼？」

突然聽到這個無法理解的要求，瑪利亞大吃一驚，不過大概是從艾莉莎表情感覺到某些端倪，她在地毯上慢慢移動，朝艾莉莎的右腿伸手。

「唔……」

瑪利亞的手滑順脫下艾莉莎的過膝襪。艾莉莎以帶點嚴肅氣息的表情注視。

「好，脫下來了……左腿也要嗎？」

瑪利亞一臉疑惑，視線投向艾莉莎的左腿示意，艾莉莎深鎖眉頭開口：

「……不，再幫我穿回去。」

「咦？怎麼回事？」

「先別問。」

「……好～～」

瑪利亞露出納悶表情，親手將剛才脫下的過膝襪再度穿上。艾莉莎目不轉睛注視這一幕，表情愈來愈嚴肅。

「好，穿好了……所以呢？」

「……」

瑪利亞有點拘謹地仰望艾莉莎的臉蛋觀察反應。艾莉莎無視於她的視線，以嚴肅表情俯視自己的腿，忽然輕輕嘆口氣站起來。

「……不行。瑪夏果然不值得參考。」

「什麼意思？雖然聽不太懂，不過姊姊我有點受傷了！」

「好了好了，可以到此為止了吧？我要換衣服了，快出去吧。」

「嗚嗚……艾莉，這是叛逆期嗎？這樣算是叛逆期嗎？阿薩，該怎麼辦，艾莉進入叛逆期了……」

將垂頭喪氣一臉難堪的瑪利亞趕出房間之後，艾莉莎再度低頭看向自己的右腿，指尖輕輕滑過自己的大腿。

總覺得不好意思的艾莉莎抬頭一看，眼前是一面大鏡子。映在鏡子裡的艾莉莎臉頰泛紅。

「唔……」

艾莉莎板起臉，像是要否定這樣的自己。然後她一臉嚴肅朝著腦海浮現的某個少年低語：

【不是那樣。】

輕聲說出的俄語沒能傳達給任何人，融化在房間的空氣中消失了。

第5話 住手！不要為了我爭吵！

「好～～結束了。光瑠我們走吧～～」

「嗯。」

課後班會時間結束，教室洋溢放學後特有的放鬆氣氛。政近一邊收拾物品，一邊抬頭看向兩名好友。

「咦？毅，你今天是去輕音社？棒球社呢？」

「今天休息。在這個時期，活動日期不太固定。」

「是喔……」

毅與光瑠在輕音社組了樂團，不過毅同時加入棒球社。說到為什麼，是基於「總之兼顧運動與音樂就會受女生歡迎吧？」這種單純又充滿非分之想的理由，不過這也是毅的本性。

「政近你要回家了？」

「是啊～～反正也沒事做。」

「政近你也加入社團不就好了？雖然這個時期有點晚，但是還來得及啊？」

「麻煩。」

「我說你啊……能在社團活動歌頌青春的時期只有現在耶？」

看到政近的懶散模樣，毅說著「呼～～真是的」搖搖頭，裝模作樣仰望上方。

「透過社團活動而逐漸加深的友情！滿嘴泥土味，揮灑汗水與淚水的努力歲月！以及……在這段過程燃起的青澀戀心！」

「因為意見相左而產生裂痕的友情。滿嘴鐵鏽味，流下血水與淚水的後悔歲月。以及……被少數王牌獨占女生而燃起的漆黑嫉妒心。」

「別再說了！不准只針對社團陰溼黑暗的部分！我們社團不是那樣！」

「友情這種玩意……終究是虛無飄渺的東西啊？」

「你看！光瑠墮落到黑暗面了！」

「抱歉光瑠，是我的錯，拜託回來吧。」

「所謂的戀愛……幾乎都只會讓人們受傷啊？」

光瑠雙眼忽然失去光芒，背後冒出某種漆黑的陰影，政近與毅拚命安撫他。

像這樣好不容易請闇瑠回到光明面之後，政近和兩人道別，走向鞋櫃。

「社團活動啊……」

他看著聚集在操場的足球社社員們，以漠不關心的聲音低語。

不同於在學生會忙到分身乏術的國中時代，現在的政近有充分的餘力可以參加社團。看著快樂致力於社團活動的朋友們，他並非毫無想法。

然而內心總是沒被打動。提不起幹勁。無論如何都會先冒出「好麻煩」的感想。對於政近來說，要他開始嘗試新事物，是要耗費莫大勞力的大工程。

「哎，應該會像這樣拖拖拉拉錯失良機，到最後什麼都不做就結束吧……」

即使他自嘲般地低語，內心也只是愈來愈煩悶，無法產生熱情振作起來。

「唔喔！」

此時，口袋裡的手機振動了。

為求謹慎確認周圍沒有老師之後，政近取出手機，看向畫面顯示的訊息。

「……唉。」

然後他輕聲嘆氣，轉身往回走。

◇

穿過走廊，來到訊息指示的房間敲門開啟。將政近叫來這裡的當事人周防有希隨即轉身看向政近。

蹲在櫃子前面整理儲備物品的有希，露出花朵般的甜蜜笑容，按著裙子起身……接著發出嬌滴滴的聲音快步跑向政近。

「啊，政近同學～～這裡這裡～～」

有希以莫名做作的態度裝可愛，平常的大小姐模樣無影無蹤。

其他學生看見這幅光景，大概會心想「千金小姐吃錯藥了嗎？」瞠目結舌，不過政近露出苦笑配合她演戲。

「抱歉～～等很久了嗎？」

政近同樣快步跑過去，發出肉麻的聲音。外型是美少女的有希這麼做就算了，他這麼做從客觀角度來看非常噁心。

但是有希不以為意，繼續演下去。

「嗯，人家等很久了～～」

「喂，這時候應該說『不，人家剛到』才對吧？」

「你們交情真好。」

室內並排的櫃子另一頭傳來冰冷的聲音，政近頓時停止動作。

他就這麼僵著表情，只以視線朝向聲音來源，櫃子堆放的備品縫隙露出一雙不屑的藍色眼睛。

「……艾莉，原來妳在啊。」

「我在喔。打擾到兩位真是抱歉啊？」

「沒有啦，哈哈……」

艾莉莎話中帶刺這麼說，政近朝她露出親切笑容，同時以抗議的眼神瞪向有希。

不過有希完全回復為大小姐應有的態度，掛著楚楚動人的笑容歪過腦袋，抽動臉頰。

（這傢伙……）

即使一時衝動想輕戳她若無其事的臉蛋，不過在艾莉莎面前可不能這麼做，政近只能輕咳幾聲帶過。

「那個……所以呢？要我幫忙整理備品？」

「是的。光靠我們兩人的話感覺人手不夠……可以拜託你嗎？」

「唉，可以是可以……不過護城河逐漸被填平的這種感覺不太舒服。」

「是你想太多了。」

「難說喔。」

政近在拌嘴的同時，和有希一起走向深處。

「艾莉也請多關照喔。」

「……嗯。」

艾莉莎就這麼看著櫃子的備品回應，政近露出苦笑，從有希那裡接過備品清單。

「總之可以請你從這部分開始嗎？」

「確認桌子與折疊椅的數量以及是否破損嗎？收到……慢著，我在國中時代就在想，這算是學生會的工作嗎……？」

「天曉得……不過只要將儲備物品的種類與存放位置掌握到某種程度，在辦活動的時候很方便啊？」

「哎，話是這麼說沒錯……不過這種工作，只靠兩個女生做不來吧……」

「會長姑且預定晚點會過來幫忙，不過會長畢竟也很忙。」

「原來如此。」

政近重新體會到這屆學生會多麼缺人，開始工作。

確認數量是否和清單相符，將椅面破損或腳墊脫落的椅子挪到旁邊。

「不愧是你，做得很熟練耶。」

「還好啦。」

即使背後傳來有希率直的稱讚與艾莉莎頗為佩服的視線，政近也感覺到自己的體力變差了。

（啊～～可惡，手臂開始痛了。）

雖然沒在兩人面前表現出來，不過比起在學生會忙碌的兩年前，他的體力確實有所衰退。

反覆將堆疊的折疊椅搬上搬下，他的手臂與腰都在痛。

（啊啊～～好累好辛苦好麻煩。早知道不該一口答應。明明有希稍微早點通知的話，我就可以把毅他們拖下水了啊啊啊～～話說既然會長要來，應該不需要叫我吧？）

即使在內心說出有點惡劣的感想，政近還是把這份不滿轉換為活力，以驚人的速度進行工作。此時有希在後方朝他搭話：

「政近同學，方便請你幫我一下嗎？」

「嗯？」

轉身一看，有希指著櫃子最上層擺放的紙箱，表情有點為難。有希即使在女生之中也是嬌小體型，要將最上層的東西拿下來應該很難。

（原來如此，是找我幫忙做這種需要力氣或是處理高處的工作啊。）

如此接受的政近走到有希身旁，幫她把這個紙箱搬到地上。

「政近同學，謝謝你。」

「嗯……話說這是什麼？」

從稍微開啟的上蓋縫隙看見顏色莫名繽紛的盒子，政近好奇打開一看，箱子裡是各式各樣的桌上型遊戲。

「大富翁、卡牌遊戲……這是什麼？為什麼有這種東西？」

「好像是數年前廢除的桌遊社備品。大多是用社團預算買的，所以由校方接收。」

「喔～原來如此……慢著，這個提供出借嗎？」

「是的。只不過學生們幾乎都不知道這些物品可以出借吧。」

「我想也是。說起來要用在哪裡？」

「像是校慶的攤位……或是社團的慶功宴吧？我之前也在新一屆學生會成立紀念的交誼會玩了一下。」

「是喔～順便問一下，當時是誰贏？」

「那個……冠軍姑且是我吧？」

「我想也是。」

「然後第二名是……」

「兩位，動手做吧。」

「啊，艾莉同學，對不起。」

「抱歉。」

聽到艾莉莎的提醒，兩人縮頭結束閒聊，回頭繼續工作。政近也反省自己，決定別再思考多餘的事情專心工作。

室內暫時維持一段沉默的時間，只聽到搬動備品的聲音，以及在清單書寫的聲音。在這股沉默之中，艾莉莎的俄語輕聲響起：

【也理我一下啦。】

政近的心遭受爆擊！因為猝不及防所以效果超群！

（唔咕～～！不，這是釣餌！只是艾莉偷放釣餌要引我上鉤！不可以反應！）

政近緊咬嘴唇，拚命忍受來襲的這股衝動。是的，艾莉莎只是在享受刺激的感覺。只是以政近沒察覺為前提，說出這種嬌羞的話語樂在其中。換句話說她這不是發自內心，自己要是有所反應反而會出問題！

【理我啦～～理我啦～～快理我～～】

壓力……好大……！

艾莉莎像是哼歌般地反覆輕聲央求，使得政近暗自吐血。現狀已經不能說她不是發自內心。

（話說，妳是以什麼心態說這種話啊？都不會害羞嗎？）

政近在內心吶喊，不過艾莉莎也不是不會害羞。

（唔唔唔唔——！）

艾莉莎強忍情緒不出聲。蹲在櫃子前面工作的她，內心在各方面都緊張得不得了。

即使覺得不會傳達，她依然不時窺向身後確認。

然後看著政近依然繼續工作的背影，鬆了一口氣。

（唔，哼～～居然沒察覺～～我明明表現得這麼明顯……真是的，一點都不貼心。）

即使背對背各自工作，兩人其實都害羞到頻頻顫抖。在旁人眼中非常滑稽。

【理我啦～～理我啦～～】

（嗚咕！不……不對，還沒確定！可能不是我！她也可能是希望有希理她——）

有希應該不會沒察覺兩人的這副模樣，不過她在門口那裡對艾莉莎開口：

「艾莉同學，怎麼了嗎？」

艾莉莎嚇了一跳，但還是立刻改回平常的表情與聲音掩飾。

「啊啊，對不起，我只是稍微在哼歌。」【不是在叫妳。】

（——果然不是！我早就知道了！）

遭受毫不留情的三連攻勢，政近已經快被擊倒在地，下半身開始打顫。

「是……是這樣啊～～俄羅斯的歌嗎？叫什麼名字？」

聽到政近這麼問，艾莉莎驟然轉身。不知道是不是政近多心，她看起來有點開心。

雖然無從得知真相，但是總之這又對政近的內心補了一刀。

「歌名是……」

「怎麼了，妳不記得嗎？」

「記得。叫做……《傳達不到的心意》？」

「喔……」

艾莉莎有點害羞揚起視線說出的這個答案，讓政近的心順利死亡。

◇

「這樣就整理過一遍了。兩位辛苦了。政近同學，謝謝你。」

「謝謝。你幫了大忙。」

「嗯。」

約一小時後，多虧政近放空內心的驚人表現，工作比預定時間大幅提早完成，三人走出備品儲藏室。此時一名高大的男學生走了過來。

「怎麼回事，已經做完了？」

「啊啊，會長，您辛苦了。是的，承蒙久世同學的協助，我們比預定時間提早完成了。」

「喔喔，你就是久世啊。我是學生會長劍崎。我聽說了喔？你好像很優秀。」

「呃，您好。」

政近在問候的同時，抬頭看向面前的男生。政近無須聽他自我介紹也認識這個人。二年級的劍崎統也。領導高中部本屆學生會，擁有領袖氣質的學生會長。

他是一名高大的男人。身高當然不用說，加上肩膀寬大、胸膛厚實，所以近看會覺得比實際還要高大。乍看長得不是特別英俊。臉孔反倒是相當老成。搭配他的體格，看起來實在不像是高中二年級。不過眉毛美麗工整，戴著一副時尚眼鏡。最重要的是那副洋溢自信的表情，賦予他男人的魅力與威嚴。

（原來如此，看來確實擁有強大的領袖氣質。）

光是看一眼就感覺得到他是可靠的男性，自然而然覺得只要跟隨他就沒問題。說得誇張一點，這就是所謂的王者風範吧。

獨自帶領四名超高規格的美少女，政近一直在想這個男人到底有何種能耐，不過如果是他的話就能接受。政近率直這麼認為。

「那麼，我先告辭了。」

「請留步。找你幫忙卻不表示一下就放你走，我會過意不去。剛好是這個時間，方便的話至少讓我請你吃頓飯吧。」

「不，這份好意我心領就好……」

統也的邀請令政近畏縮。不只是單純婉拒初次見面的學長請客，他腦中也同時冒出一個不妙的推測。

具體來說，有希叫他過來的真正目的或許是這個。就像是肯定這個推測般，有希開口了：

「這不是很好嗎？反正你回家也沒飯吃吧？」

「有希……」

「嗯？為什麼周防知道久世的家務事？」

統也與艾莉莎懷著極為理所當然的疑問看過來，有希以若無其事的笑容回答：

「因為我們從小一起長大。」

（慢著，這沒回答到問題吧？）

不只政近……統也與艾莉莎內心恐怕也這麼吐槽，但有希這張古典氣息的笑容隱藏魄力，這種不識趣的吐槽沒有介入的餘地。

「原來如此……總之，既然這樣的話剛剛好，周防與九条妹也一起來吧。這種雜事都扔給你們處理，今天就由我請客做為賠禮。」

「會長，感謝招待。」

「……知道了。謝謝會長。」

「咦咦～～真的假的？」

不知不覺就決定要去吃飯了。老實說政近不太想去，但是也提不起勁堅定拒絕，只好有點客氣地跟著走。

（這就是學生會長的強勢手腕嗎……）

政近懷著看開的心態思考這種事，此時有希轉身朝他咧嘴一笑。看來這真的是她的目的。

（這就是學生會公關的策略嗎……）

政近暗自嘆息，不經意看向走在身旁的艾莉莎。

「……什麼事？」

「沒事，只是不經意轉頭看。」

「這是怎樣？沒理由就頻頻打量女性的臉，很沒禮貌喔。」

「對不起。」

她說得很中肯，政近率直反省之後面向前方。

（這就是學生會會計的冷漠對應嗎……）

政近思考著這種蠢事，暗自感慨地看著遠方。

【害我心臟跳得好快。】

政近就這麼看著遠方吐血。雖然感覺艾莉莎嘴角掛著笑意不時看過來，卻沒餘力反應。政近的ＭＰ已經是零了。

政近再度進入「無」的境界，在校舍門口換鞋走到戶外。

不久之後，撞見像是足球社的一群人。

似乎剛練完球的他們，看見政近他們四人就自然往旁邊迴避。

（不對，不包括我，是看見另外三人吧。）

像這樣擦身而過的時候，也感覺到從旁打量的視線。最引起他們注目的果然是艾莉莎吧。

再來是有希，然後是政近。不過投向政近的是「這傢伙是誰？」的疑惑視線。

（哎，確實會這樣吧。）

政近也自覺格格不入，多多少少感覺不太自在。

相對的，或許該說艾莉莎與有希了不起，明明比政近更受注目，卻完全不為所動的樣子。她們看起來甚至毫不在意。

即使走出學校也一樣。行人的視線幾乎都集中在她們兩人身上，但是政近以外的三人都習以為常般地繼續前進，進入離學校約十分鐘路程的連鎖餐廳。

四人被安排到餐桌座位。首先統也坐到最裡面，政近想避免坐在他的正對面，催促兩名女生先坐。不過……

「政近同學，請坐吧？」

「艾莉，她這麼說了。」

「為什麼扯到我？」

有希若無其事笑著邀政近坐在統也對面，政近面不改色讓給艾莉莎。然後是數秒的膠著狀態，打破這個僵局的是統也。

「久世，總之先坐吧。店員小姐在為難了。」

轉頭一看，以托盤端著杯子的年輕女店員確實站在一旁不知所措。政近只好認命坐在統也正對面。有希俐落鑽到他身旁坐下，艾莉莎坐在統也旁邊。

「……雖然這麼說有點晚，不過穿著制服繞路來這裡是違反校規吧？」

「別在意。在學生會忙到太晚，在外面吃完飯再回家的狀況偶爾會發生。實際上校規早就形同虛設了。總之點你們愛吃的吧，不過別超過一千圓。」

「會長，最後那句話害得您的帥氣程度減半了耶？」

「呵，周防，男子氣概沒辦法填滿錢包喔。」

統也的逗趣話語緩和了場中氣氛，政近也放鬆肩膀的力氣。不過現在放鬆精神還太早。當各人依照統也要求，點了一千圓以內的餐點之後，話題立刻集中在政近身上。

「話說回來，真虧你們可以早早做完。我已經做好心理準備要拖到明天了。」

統也這麼說完，有希立刻附和道：

「這都是因為政近同學的努力幫忙。有男生出力果然不一樣，更不用說他經驗老到了。」

「我想也是。」

「政近同學很厲害耶？無論粗活還是行政工作都毫不抱怨默默完成，協商或談判也難不倒他。」

「喂，有希。妳太抬舉我了。高估實力也要有個限度。」

「喔，難得聽周防稱讚到這種程度。怎麼樣，久世，要不要加入學生會？我們剛好沒人擔任總務。」

果然變成這樣了嗎？政近瞪了身旁的有希一眼，然後鄭重告訴統也：

「不好意思，我在國中已經吃過苦頭，現在再也不想接觸學生會了。」

「嗯……高中部的學生會業務確實比國中部還要繁忙，但也相對更值得參與啊？和其他學校比起來，我們學校賦予學生會更多的裁決權，而且老實說也會大幅影響評鑑成績。」

統也說的沒錯，光是曾經任職於征嶺學園學生會就是耀眼的資歷。

有利於保送大學當然不用說，在制度上屬於學生會成立核心的會長與副會長頭銜，更是超越學校階級框架至高無上的菁英稱號，出社會之後依然具備莫大的意義。

因為世間甚至存在著只以征嶺學園學生會會長與副會長組成的校友會，許多政經界的大人物都列名在內。

若能讓學生會順利運作一整年之後加入這個校友會，等同於保證能在社會上飛黃騰達。

反過來說，如果運作不佳造成問題，就會被貼上「無能」的標籤，即使如此還是有許多人覬覦這個位子。而且想成為下屆會長或副會長的最快捷徑，就是先成為學生會幹部累積經驗。

「說來可惜，我沒有這麼強烈的野心或上進心，目前也沒要就讀別的大學，和大人物的人脈也不太吸引我。」

不過，對於沒有將來的目標，散漫過著每一天的政近來說，這種東西沒什麼特別的好處。

「別這麼說，我們一起經營學生會吧。然後再一起出馬參選吧？」

「不准隨口增加要求。話說就算沒有我，妳也幾乎鐵定當選下屆會長吧？因為妳曾經是國中部的學生會長。」

「我想和政近同學一起經營學生會。」

「不要。好麻煩。」

如果是校內的男學生聽到有希這麼央求，大概九成以上都會忍不住點頭答應吧，不過政近斷然拒絕。統也愉快看著這樣的兩人，摸了摸下巴。

「久世，我把話說在前面，你認為周防鐵定當選就大錯特錯喔。畢竟還有其他人參選，最重要的是有這位九条妹。」

統也說著低頭瞥向坐在一旁的艾莉莎。政近也跟著看過去，和默默看向這裡的艾莉莎四目相對。

「艾莉，妳打算參選下屆學生會長？」

「嗯，明年會和有希同學打選戰。」

艾莉莎看向正前方的有希。有希靜靜掛著笑容承受這道視線。政近看見兩人背後燃起熊熊火光的幻影。

統也像是要改變這股氣氛，將話鋒轉向艾莉莎。

「這麼說來，記得九条妹的教室座位就在久世旁邊。就妳看來，久世這個人怎麼樣？」

不過以結果來說，這是火上加油的行為。

「就算問我怎麼樣……老實說，只能以『不正經』三個字來形容。」

「喔？」

看到艾莉莎以冷酷的表情斷言，統也一臉深感好奇的樣子。

她就這麼將視線瞥向政近，不過政近對此有所自覺，所以只能聳了聳肩。

反倒冒出「很好，就這樣把有希對我的過高評價拉低吧」的想法。

「經常忘記帶東西，上課態度也絕對不算好，成績排名也是從後面數比較快。」

「因為政近同學沒動力的時候只會做到最低標準。不過一定會保持及格成績。」

對於艾莉莎毫不留情的評價，有希立刻出言緩頰。艾莉莎眉頭一顫，背後再度出現火焰。

「……也對，我會幫鄰座改考卷所以知道，他在小考的時候肯定會避免補考，這部分我有點佩服。但也覺得只要他認真起來，應該可以考得更好。」

「因為政近同學頭腦本來就很好，聰明到不必花太多心力就考進這所征嶺學園。啊，不過這是因為我從小和他一起長大才知道這件事。」

「久世同學不只是頭腦，運動細胞肯定也不錯，球技卻一點都不起眼。之前也在籃球課的時候傷到手指。」

「畢竟政近同學從小就不擅長打球。雖然這麼說，但我也沒資格說他就是了。啊啊，記得政近同學最喜歡的體育課是長跑吧？」

烈火熊熊。

艾莉莎背後燃起幻影火焰。政近大概是受到影響，明明不是真的會熱，額頭卻開始冒汗。

明明在正前方相對的有希卻面不改色，說來挺奇妙的。

「抱……抱歉久等了～～」

此時，端料理過來的店員有所顧慮般地搭話。

兩名美少女釋放非比尋常的氣息，而且她們偏偏坐在靠走道這邊，店員的營業式笑容因而僵住。仔細一看，是剛才端著托盤站著不動的那位店員。

說來可憐，看來今天對她來說諸事不順。

「喔，料理來了。總之先用餐吧。」

統也這句話使得艾莉莎與有希不再互瞪，場面的氣氛緩和下來。

政近對統也的尊敬度增加了。店員對統也的好感度也跟著增加了。不過統也有女友，所以絕對不會發展出戀愛劇情。

◇

結束連鎖餐廳的聚餐走到店外，天色已經變得陰暗。

在那之後，用餐時總之進行著祥和的對話。只不過基本上都是本次作東的統也開啟話題，溝通能力優秀的有希適度控場，政近與艾莉莎專心當聽眾，所以不會莫名破壞氣氛。

代價是統也與有希在用餐的時候也屢次延攬政近加入學生會，不過政近沒答應。

「「「感謝招待。」」」

「嗯。」

統也結完帳走出連鎖餐廳，三名學弟妹異口同聲道謝，統也大方點頭回應。然後在朝著停車場方向行走時露出深思表情。

「我記得九条妹是走路回家。周防搭電車所以和我一樣，久世你要怎麼回家？」

「啊，我也是走路。」

「這樣啊。那你送九条妹回去吧，我送周防回去。」

「好的。」

政近率直點頭回應統也這段話，統也自然就說得出這種話的紳士風範使得政近更加尊敬他。此時有希略顯顧慮般地舉手。

「那個，會長。很感謝您這麼貼心，不過我會叫車子來接我，所以不用送我沒關係的。」

「唔，是嗎？」

「是的。我在這裡等車子過來，請不必在意我。」

「……這樣啊。那麼下週見吧。」

統也說完走向車站，政近目送他離開之後，和艾莉莎四目相對。

「那麼，我們走吧？」

「不用特地送我沒關係的。」

「可不能這樣吧？好了，走吧。有希再見。」

「好的，再見。」

「有希同學，明天見。」

「好的，艾莉同學也再見。」

在端莊鞠躬的有希目送之下，政近與艾莉莎朝著統也離去的反方向踏出腳步。

「從這裡走到艾莉家要多久？」

「大約二十分鐘左右。」

「這樣啊，要走滿久的耶。」

「你呢？」

「我？大約十五分鐘吧。考慮到走路速度，距離或許差不多。」

「這樣啊。」

然後就陷入沉默。彼此不知為何找不到話題，就這麼行走一段時間之後，不遠處前方的烤雞肉串餐館的門被打開，一群像是上班族的人從店裡走到街上。

「真是的，研發的那些傢伙把我們業務當成什麼了！」

「部長，您喝太多了。」

「磯山先生，說話不要太大聲，好嗎？」

滿臉通紅雙眼發直的中年男子大聲說著醉話，像是部下的數名男子正在安撫。

看到對方明顯喝醉，政近引導艾莉莎走在靠近車道那一側，避免視線相對打算快步經過。

不過就在即將擦身而過的時候，被稱為部長的男子注意到政近與艾莉莎。然後他不知道是看哪裡不順眼，表情不悅地扭曲起來並且大聲嚷嚷：

「怎麼啦？小倆口在這種時間出來放縱嗎？真是的，最近的學生整天都在玩樂！學生的本分應該是念書吧～～？」

「磯山先生，這樣不好啦！」

「適可而止，適可而止吧，好嗎？」

「少囉唆！而且……那是怎樣？」

男子不顧周圍部下的制止，頻頻打量走在政近後方的艾莉莎，用力哼了一聲。

「這什麼亂七八糟的髮色？真想看看妳爸媽長什麼樣子。反正應該也是吊兒郎當沒出息的模樣吧！」

男子故意說給大家聽的謾罵，使得艾莉莎驟然停下腳步。

「喂，艾莉！」

政近察覺艾莉莎的怒氣，勸她當作沒聽到以免惹麻煩，然而艾莉莎就這麼停在原地，以冰冷到令人發毛的眼神看著男子，然後以平常數落政近的話語完全比不上的侮蔑語氣不屑低語：

「丟人現眼的大人。」

雖然聲音很小，不過在男子與周圍安撫的部下們嘈雜聲之中，也清晰到不可思議的程度。不留任何情面的這句話，使得男子們瞬間錯愕地停止動作。

不過，被稱為部長的男子立刻露出憤怒表情，即使部下們回神制止也使勁甩開，以粗魯的腳步走向艾莉莎。

艾莉莎也重新面向對方，展現毫不退讓的態度……但在這之前，政近迅速擋在兩人中間。

而且他朝著火冒三丈接近的男子，露出令人覺得格格不入的溫和笑容。

「磯山部長，好久不見。記得上次是在我哥的婚禮向您問好吧？」

「啊，哦，喔喔？」

突如其來的客氣問候，使得男子像是中了冷箭般地停下腳步。出乎預料的事態似乎稍微讓他清醒，露出困惑表情看向政近。

「看您這麼有精神真是太好了。哥哥說您是我們公司的重要客戶，所以我記得很清楚。」

「呃，啊啊，嗯。」

男子點頭回應的同時，臉上明顯透露「咦？你是誰啊？」的困惑。

不過，政近說的「客戶」兩字，使他臉上逐漸浮現慌張神情。

男子的部下與艾莉莎都還搞不懂狀況而不知所措時，政近維持柔和的笑容說下去：

「話說回來……您在我哥的婚禮好像也喝了不少，看來真的很喜歡喝酒吧。」

「啊啊，嗯，我的樂趣就是週末找人喝個痛快，哈哈哈！」

「這樣啊。對了，這位是我的未婚妻。」

過於出乎預料的演變，使得艾莉莎睜大雙眼凝視政近。政近將手放在她的肩膀，露出驕傲的笑容。

「她非常優秀，是我匹配不上的女性。」

「是嗎？原來如此，看起來確實是個聰慧的女孩。」

男性眉心依然透露著困惑，就這麼掛著假惺惺的笑容，說出和剛才完全相反的評語。

對此，政近維持柔和的笑容，雙眼隱含冰冷的目光，稍微壓低音調。

「對吧？而且她母親是外國人，頭髮是母親遺傳的。如何？很美麗吧？」

「是……是這樣嗎……」

近距離看見艾莉莎明顯繼承外國血統的臉蛋，男子應該也明白政近沒說謊了。

他像是完全從酒醉清醒般地露出尷尬表情，稍微朝艾莉莎低下頭。

「那個……不好意思。雖說喝醉，但我剛才失言冒犯了。」

政近見狀收起犀利的視線，靜靜開口：

「我接受道歉。妳也接受吧？」

「……」

政近轉頭將視線朝向艾莉莎，但她就這麼瞪著男性不發一語。

即使如此，政近依然像是她接受了般地點頭，然後如同要遮住艾莉莎的表情，摟住她的肩膀催她踏出腳步。

「那麼，我們失陪了。」

他就這樣帶著艾莉莎離開現場。兩人保持沉默走了一段時間，再也看不見男子們的身影時，政近放開艾莉莎的肩膀呼出一口氣。

「真是的，別亂來啦。妳早就知道對醉鬼說那種話會激怒他吧？」

「……我的父母被侮辱了。即使他是醉鬼，我也不能原諒。」

「就算這麼說，妳也太亂來了，要是被打的話怎麼辦？」

「別看我這樣，我多少學過護身術，不會柔弱到被醉鬼打倒。」

艾莉莎看起來怒氣未消，發出硬是克制情緒般的平淡聲音。政近能理解她的感受，所以也回應「這就難說了」搔了搔腦袋。

「……總之，那個大叔也承認自己說錯話了，這次妳就別計較吧。」

「……知道了啦。」

艾莉莎吐出長長的一口氣，如她所說回復為平靜的表情。

「話說回來，你認識剛才那些人？」

「沒有啊？完全不認識。」

「……啊？」

艾莉莎一臉錯愕，政近嘴角半笑不笑繼續說：

「哎呀～嚇我一跳。即使是面對面，裝熟的詐騙手法還是會成功耶。」

「呃……什麼？咦，所以真的完全是陌生人？不是還提到你哥哥婚禮之類的嗎？」

「但我沒有哥哥啊？」

「為……為什麼……」

「哎呀～雖然也是因為他醉得一塌糊塗，但我也沒想到居然可以那麼順利。剛才我內心滿緊張的。哈哈哈，啊～太好了。」

政近發出裝傻的笑聲，艾莉莎露出頭痛般的表情。

「……為什麼要做那種事？」

「嗯？哎～該怎麼說，我只是看他體內的酒精與血液都直衝腦門，所以拿工作的話題試著讓他冷靜一點。除此之外，我想想……」

「還有什麼？」

政近瞥向疑惑的艾莉莎，聳了聳肩。

「……聽到那個大叔的謾罵，我也很火大，所以想威脅他一下。結果事情沒鬧大，也讓他道歉了，這樣不是很好嗎？」

「唉……真虧你能在情急之下像那樣滿嘴謊言。你該不會有詐騙的天分吧？」

「沒禮貌。我這麼純真無瑕，怎麼可以容許妳這樣一口咬定？」

「……最好是。」

「別這樣，不要用這種虛無的眼神敷衍我，這樣反而更傷我的心！」

看到政近露出可憐表情，艾莉莎哼笑一聲之後迅速踏出腳步。政近快步追上去並肩前進，艾莉莎看著前方輕聲說：

「……謝謝。」

「嗯。」

政近也看著前方回應。在這之後，兩人之間沒有任何對話。就這麼默默繼續行走，最後艾莉莎在一棟公寓前面停下腳步。

「這裡嗎？」

「是的，謝謝你送我回來。」

「嗯。」
兩人在大門前面相對，政近搔了搔腦袋，在最後再度叮嚀：
「總之，我覺得今天這種事件沒什麼機會遇到，不過只有妳一個人的時候千萬別理會啊。要是有什麼三長兩短就來不及了。」
「怎麼了？你在擔心我？」
艾莉莎調侃般地笑著說完，政近卻以筆直的眼神回應：
「是啊，我在擔心妳，因為妳處理人際關係的時候有著笨拙的一面。」
這個真誠的回應使得艾莉莎一臉正經地眨了眨眼睛。「這樣啊。」她輕聲說。
然後艾莉莎轉身面向大門。
「……知道了，我會小心一點。」
「這樣啊。記得這麼做喔。」
「……」
艾莉莎就這麼前進幾步，停在自動門前方，然後背對著政近叫他。
「欸，久世同學。」
「嗯？」
「你真的不想進入學生會嗎？」

「拜託，怎麼連妳都在問啊？」

「回答我。」

完全不容許敷衍或打岔的堅定語氣，使得政近收起戲謔的笑容，而且為了避免貿然留下希望，他同樣以堅定的語氣回答：

「嗯，我不想進入學生會。」

「……如果——」

但是艾莉莎沒退縮。她讓聲音帶著些許緊張，繼續說下去：

「如果，我——」

不過，她說到這裡停頓了。沉默數秒之後，艾莉莎這麼說道：

「不，沒事。晚安。」

「嗯，晚安。」

然後她就這麼進入公寓。政近目送她的背影消失之後也轉過身去，仰望夜空，掛著自嘲的笑容自言自語：

「……艾莉與有希，到～～底對我這種人期待什麼呢～～？」

政近隱約猜得到艾莉莎想說什麼，猜得到卻假裝沒察覺。

「我什麼都做不到的。」

政近自嘲般地輕聲說完，懷抱著莫名冷颼颼的心情踏上歸途。

◇

「我回來了～」

送艾莉莎到家之後回到自家公寓的政近，看見玄關擺放的鞋子後皺起眉頭。

這間公寓只住政近與他的父親共兩人，擔任外交官的父親正在國外工作。

不過，現在這裡放了一雙不是政近也不是父親的鞋。

（不是已經回去了嗎……）

政近就這麼皺眉前往客廳。打開通往客廳的門一看，只見身穿長袖上衣與運動長褲，頭髮綁成馬尾打扮得非常休閒的有希，像是把這裡當自己家一樣坐在椅子上收看電視動畫。

「啊，歡迎回來～～好好送艾莉同學回家了嗎？」

「不對，妳怎麼在這裡？」

「咦？因為我今天要住這裡啊？」

「慢著，我沒聽說。」

「我又沒說。」

有希視線就這麼朝向電視，滿不在乎般地這麼說。

這副模樣與態度，簡直和她在校內展現的完美大小姐形象截然不同，驟變程度使得初次看見的人可能會誤會她在模仿別人。

此時，有希收看的動畫結束，開始播放廣告。

那是將某部知名黑暗奇幻風格漫畫改編成真人電影的宣傳廣告。有希指著廣告慢慢開口：

「啊，我明天要去看這部。」

「是喔。」

「不對，你也要去喔。」

「不對，就說我沒聽說了。」

「就說我沒說了。」

有希看起來完全不覺得自己有錯，政近嘆口氣，瞥向這部廣告。

「話說，妳不是反對這種真人改編的電影嗎？」

「不要全說出來！」

聽到政近不經意的這句話，有希突然將手心伸到他面前大喊，然後連珠砲般地開始說明：

「我知道。看到選角結果的時間點，我就知道十之八九會是地雷！老實說宣傳影片也只讓我覺得不妙！可是我認為沒真正看過就批評是錯的。說不定不是地雷。說不定那裡埋藏著金銀珠寶！我知道。我知道。就是因為我這種人無論如何都肯掏錢支持，才會一直出現這種劣質的真人改編作品。我知道，這我都知道！」

「慢著，妳的情緒。妳的情緒怎麼這麼激動？只有在承認自己得知什麼不該知道的祕密時，情緒才會這麼激動吧？」

「我知道！我和哥哥其實沒有血緣關係。其實我全都知道喔！……等一下，你讓我說這什麼話啊？我們的血緣關係宇宙無敵濃吧？」

「『血緣關係宇宙無敵濃』聽起來也太猛了吧？」

「沒有啦，因為……不是有嗎？原本以為是兄妹，其實是表兄妹喔～～這種劇情。而且在這種狀況也可以說姑且有血緣關係？」

「啊啊～～確實有。不是兄妹而是表兄妹所以ＯＫ的劇情。」

「有有有。你真的一點都不懂。」

「不懂什麼？」

政近歪過腦袋，有希赫然睜大雙眼用力大喊：

「混蛋！既然是親兄妹不是很好嗎？」

「好什麼啊？」

周防有希。雖然在校內使用「普通的兒時玩伴」這個設定，但她其實是政近的阿宅朋友……也是父母離婚之後由母方撫養的政近親妹妹。

第6話

我第一次看見死相

爺爺家附近的公園。從小學放學回家的路上，我一如往常快步前往那裡。

從入口環視公園，看見她獨自坐在挖了好幾個洞的圓頂狀遊樂設施上方。

【喂～～————！】

我叫著她的名字跑過去，她也立刻看向這裡，笑逐顏開揮了揮手。

【真津！】

【就說了，我叫做「政近」才對。】

我照例露出苦笑訂正，但是她看起來不以為意，快樂地笑了。看見她的笑容，我就覺得這種小事不重要。

【真津也上來吧！】

【咦咦～～？】

【快點快點！】

【真拿妳沒辦法。】

圓頂狀遊樂設施的側邊有安裝梯子，我將書包放在那裡，以小小的手腳拚命爬上去。

【好～～到了～～】

爬到遊樂設施的頂部之後，她笑著迎接我。反射夕陽閃閃發亮的金色長髮，開心朝我瞇細的藍色雙眼，我至今記憶猶新。

【你看你看！夕陽好漂亮！】

【真的耶。好漂亮。】

我們並肩欣賞夕陽，一直聊著天南地北的話題。話是這麼說，不過幾乎是我單方面開口。

【然後，那所征嶺學園是爸爸與媽媽的母校。雖然那所學校很難進去，不過聽說從我的成績來看很輕鬆。】

【好厲害。真津真的什麼都做得到耶！】

【嘿嘿，沒有啦。】

即使是小男生會說的炫耀話語，她也完全不會露出反感表情，以純真的態度稱讚。我喜歡她的笑容。

聽到她的稱讚，我就好開心好驕傲，再怎麼辛勞也不以為苦。

無論是學業、運動還是音樂，只要是為了她，我可以持之以恆努力下去。

【啊，該回去了……】

日落之後就在原地道別。這是我們的規則。

【那麼真津，明天見喔！】

【嗯，———，明天見。】

道別的時候，她用力抱緊我，以臉頰輕貼我的臉頰。

雖然因為害羞所以我不敢學她這麼做，但我真的好開心。她放開我之後，臉上掛著快樂的笑容——

「咚～～！」

「嗚啊！」

腹部到胸部突然遭受劇烈的打擊，我被迫清醒。

「咕啊！咳，咳咳！」

「Good morning, my brother～～」

「嗚噁……就在剛才，妳害我今天早上不Good了！」

我勉強調勻呼吸，瞪向壓在我身上笑嘻嘻的有希。有希隨即揚起單邊眉毛像是深感遺憾。

「喂喂喂，你在氣什麼？被可愛的妹妹飛撲叫醒，這不是全世界男高中生嚮往的事情嗎？開心一下吧。」

「不准說得像是起床整人秀。只是ＤＶ吧？」

「只是Ｄｅａｒ Ｖｅｎｕｓ（親愛的女神）？討厭啦～哥哥你這個妹、控♡」

「我說的是家庭暴力（Domestic Violence）！妳這是哪門子的錯誤解釋？」

「唔……是哪個部分讓你這麼不高興？」

「全部。所有部分。」

聽我這麼說完，有希眉頭深鎖不知道在想什麼，然後突然露出恍然大悟的表情打響手指。

「原來如此。你不喜歡我飛撲叫你起床，而是希望早上起床時我鑽進被窩躺在你旁邊。」

「要是妳真的做出這種事會很恐怖吧？」

「咦？那麼……該不會希望我鑽進床底？這麼偏門喔～～」

「這樣只會覺得恐怖吧！」

「真拿你沒辦法。那我下次就鑽進床底，在你下床的瞬間抓你的腳吧？」

「妳想把自己塑造成哪種角色啊……」

「用驚悚手法叫哥哥起床的妹妹，是不是超創新的？」

「太創新了，我完全跟不上……話說回來，妳該從我身上離開了吧。」

我朝著依然壓在我身上擺動雙腿的有希說完，她咧嘴露出笑容歪過腦袋。

「為什麼？因為起反應了？」

「去死吧。」

面對大清早就開黃腔的這個妹妹，我從超近距離以絕對零度的視線狠瞪，有希隨即哈哈大笑從我身上離開，走出房間。

「唉，真是的……」

此時我終於起身，坐在床邊。

「……」

做了懷念的夢。初戀的記憶。我至今人生最閃亮時期的回憶。在那座公園認識她，玩了好多遊戲。因為想和她說話，所以認真學習俄語。

即使父母失和，即使獨自被寄養在爺爺家，只要有她在，我就不會寂寞。

沒錯，當時我確實喜歡那個女生。可是……如今連長相與姓名都記不得。

「……嘖。」

我果然是那個母親的兒子。即使是昔日真心喜歡的對象也會輕易忘記的無情人種。某種冰冷的東西逐漸飄落在內心堆積。當時火熱燃燒的戀心與幹勁被埋在底下，再也看不見了。

失去幹勁是有原因的。可以怪罪給別人。不過再怎麼辯解或是怪罪給別人，終究只是因為自己是個嫌麻煩又怠惰的人渣，這是我最後得出的結論。

嚮往努力，厭倦努力，自覺是人渣，所以自認比起沒自覺的人渣好一點，以這種低水準的自我滿足安慰自己內心的人渣。這就是我。

「這種傢伙……不可能適合進入學生會吧？」

何況是學生會副會長，這就更不可能了。我曾經拗不過有希的央求而搭檔參選，不小心成為國中部學生會副會長，正因如此所以我知道，毫無熱情與決心的人不該爭奪那個地位。

確定有希當選的時候，我看見講堂後方哭腫雙眼的另一名參選人。

她說自己背叛了父母的期待，不知道回家該怎麼面對。

哽咽向朋友透露心聲的那個女生，是在一年級一起擔任學生會幹部的同伴。

她在有希面前故做堅強，稱讚彼此打了一場漂亮選戰。這個身影在我內心留下強烈的震撼與罪惡感。

有希也一樣背負親生父母的期待。但是我呢？只因為內心對有希懷抱親情與愧疚就成為副會長的我呢？我真的有權利擠下那個女生嗎？

後來的這一年，我為了拭去這個想法，全力投入學生會的工作。

即使如此，我內心的罪惡感也絲毫不散。

那種回憶，我再也不想——

「砰咚！喂，休想睡回籠覺……咦？你醒著？」

「我說妳啊……差不多別再用腳踹的方式開門好嗎？妳老是踹同一個地方，所以只有那裡稍微凹陷了耶？」

有希打破嚴肅的氣氛闖進房間，我即使知道無濟於事，依然有點傻眼地這麼說。

實際上，我房門的門把下方有點凹陷，只有該處的質感變得比周圍光滑。有希瞥向該處，不知為何露出滿意般的笑容。

「我覺得再過幾年就可以漂亮貫穿了。」

「不准進行滴水穿石的修行。妳是哪一派的武道家嗎？」

「雖然古今中外踹破房門的女主角不計其數，不過耗費數年踢穿房門的女主角，我應該是第一人吧。」

「說起來，踹得破房門的女生如果真的隨處可見還得了？」

實際上，有希也不是真的只用腳就踹開門。

她是先轉動門把，再刻意用腳踹開門。但我真的不知道她為什麼要這麼做。

「好了好了，快起來吧～～可愛的妹妹幫你做好早餐了耶～～？」

「知道了知道了。」

我被催促前往客廳一看，桌上確實準備了早餐。不過……

「……」

「嗯？老哥，怎麼了？」

「……這是？」

我指著正中央盤子裡各處疊了好幾層的半固體雞蛋料理發問，有希眨了眨眼，以若無其事的表情回答：

「啊？是西式炒蛋。」

「妳就乖乖承認是和風玉子燒的淒慘下場好嗎？」

「……我聽不懂哥哥在說什麼。」

有希明顯別過頭去，我給了她的後腦勺一個白眼。

順帶一提，味道本身不難吃。不過淋上番茄醬之後變得難以言喻，像是日式與西式大雜燴的複雜味道。

◇

按照預定行程看完電影的政近與有希，順著前往出口的人潮離開電影院。走出位於大型商場頂樓的電影院之後，就這麼搭乘電扶梯下樓。

「嗯嗯～～……！」

此時有希用力伸個懶腰，忽然放鬆力氣開口：

「哎呀……炸得轟轟烈烈耶！」

「喂，不要明講啦。」

「這地雷比預料的更糟糕耶～～光鮮亮麗的偶像果然不可能把這種黑暗世界觀的奇幻劇情演好吧～～角色扮演的感覺直到最後都很強烈。內容本身也只把時間用在花俏的戰鬥場面，銜接的部分省略得亂七八糟。沒看過原作的人想必跟不上吧～～」

「是啊。不過動作場面本身做得很用心，這部分值得一看就是了。」

有希掛著開朗笑容做出嚴格的評價，政近苦笑附和。現在吃午餐還有點早，所以兩人一邊在商場內部隨意閒逛，一邊聊著電影的感想。

「啊，這件衣服可愛。我一直想要新的夏季連身裙耶～～可是等一下預定要在安利說。

美德噴錢……」

「慢著，一萬五千圓……好貴！」

「哥哥也要再稍微打扮一下啦～～你有錢吧？」

「我的零用錢沒妳那麼多。」

「但也相對沒什麼開銷吧？因為你和我不一樣，不會把錢用在宅物。」

有希說的沒錯。實際上政近不像有希會收集精品，也幾乎不會自己買漫畫或輕小說。

這是因為有希在周防家隱瞞自己的宅女身分，購買的各種宅物都拿去久世家。政近感興趣的漫畫或輕小說都是向她借來看，所以不必自己買。

說起來，政近也是因為有希熱心傳教才會成為阿宅。

「這件衣服，你去年也一直穿著吧？差不多該買新的嘍。」

「不對，真要說的話，妳今天就是穿我的舊衣服吧？」

今天的有希身穿長袖內搭衣、有點寬鬆的襯衫以及牛仔褲，是相當中性的打扮。而且襯衫與牛仔褲其實是政近的舊衣服。

「這就某方面來說很時尚所以沒關係喔。畢竟牛仔褲愈穿愈有味道。」

「啊啊是喔……話說老妹。」

「哥哥大人，什麼事？」

「……我的視野一角從剛才就不時看見某種銀色的東西，是我多心嗎？」

「我覺得不是你多心喔，My Brother。」

「我想也是。畢竟妳不知何時解開馬尾，舉止也變成大小姐模式了。」

如政近所說，有希原本綁成馬尾的頭髮已經解開，語氣雖然維持不變，舉止卻變成在校內表現的高雅模式。

「呵，兄長您發現之前，我早就已經發現了哦？」

「真的嗎？什麼時候？」

「下到這層樓之後沒多久。」

「這麼早嗎……真虧妳會發現耶？」

「呵……我擁有可以立刻感應到熟人視線的超知覺……」

「真的假的……妳自己這麼說都不會害羞嗎？」

「呵……超害羞的。」

「妳可以不要一臉正經地這麼說嗎？」

當兄妹倆像這樣拌嘴搞笑的時候，也感覺到斜後方射來強烈的視線。看向店面設置的玻璃，清楚映出將半邊身體藏在柱子後方，熟到不能再熟的銀髮少女。

而且如果不是多心，少女身後還附帶「轟轟轟轟轟……」的燃燒音效。

（好啦，這下子怎麼辦？）

應該主動搭話？等她前來搭話？還是找個地方甩開她？政近思索怎麼做才是正確解答。

「哎呀，艾莉同學？」

在他身旁的有希緩緩轉身，像是現在才發現般地這麼說。

（老妹啊啊啊啊——！）

看到有希居然採取正攻法，政近在內心哀號。然而頭已經洗下去了，政近認命地轉過身去，裝出吃驚的表情來掩飾。

「咦，這不是艾莉嗎？真巧。」

政近對於自己的演技沒什麼自信，但是艾莉莎這邊顧不得這種事。

她毫無意義滑著自己的手機，一邊東張西望一邊走向這裡，像是內心尚未平靜般地開口：

「嗯，真巧。那個……我不久之前才發現你們的，卻找不到時機搭話……」

「應該不是不久之前吧……」兄妹倆在內心異口同聲這麼說，但是沒真的說出口。

即使如此，政近還是無法阻止視線變得同情，有希則是完全切換到大小姐模式，面不改色地回應「這樣啊」，點了點頭。

「艾莉同學今天來這裡有什麼事嗎？」

「嗯……來買些衣服。」

「這樣啊。午餐吃過了嗎？」

「不，還沒。」

「那麼機會難得，要不要一起吃午餐？剛好——」

「等一下。」

政近終究不能袖手旁觀，他出言打斷有希的話，板起臉詢問面不改色的有希。

「妳該不會想帶艾莉去那間店吧？」

「不行嗎？政近同學，你也很期待吧？」

「慢著，不行吧？艾莉一起的話就應該去別間店。」

「怎麼了？有什麼問題嗎？」

兩人無視於艾莉莎進行她聽不懂的對話，使得艾莉莎插話這麼問。

「艾莉同學，妳不喜歡吃辣的嗎？」

「辣的？不，並不會不喜歡……」

「我們接下來要去的是提供辣味拉麵的店。如果艾莉同學怕吃辣……」

「不要說得這麼含糊。艾莉，我就明說吧，那間店不只是辣，是賣超辣拉麵的店。雖然我也沒去過，不過那間店應該是愛吃超辣的人才會吃得愉快。所以——」

「我要去。」

艾莉莎打斷政近嘗試說服的話語，斷然這麼說。

這張真摯的表情令政近心想「應該無法說服了」，但他還是費盡唇舌。

「老實說，我認為妳最好別去喔。畢竟也可以去別的店，那裡也……」

「你們一直很期待吧？那我要去。要是讓你們變更計畫，我也過意不去。」

「不對，不需要勉強跟我們……」

「哎呀？我在的話會妨礙你們嗎？」

「不是這個意思……妳不怕辣嗎？」

「不會很怕。」

即使心想「真的嗎～～？」政近也無法斷言她在說謊。

依照政近的推測，艾莉莎很愛吃甜食。雖然沒問過她本人，不過從她至今的言行舉止看得出端倪。

那她怕辣嗎？如果有人這麼問，政近不知道答案。說起來，政近不記得自己看過艾莉莎吃辣的食物。

（總之，她自己都說可以了，而且那裡或許有比較不辣的料理……）

政近像這樣改變想法，懷抱一絲不安前往那間店。

◇

「……這裡嗎？」

「是的。」

他們離開大型商場後走了一小段路，來到小巷裡的一間拉麵店前。艾莉莎表情僵硬地仰望這間店。

政近心想「難免會有這種反應」點了點頭，反觀有希露出燦爛的笑容。

「店名是『地獄之鍋』……這是拉麵店吧？」

「是的，沒錯啊？」

「可是店名有『地獄』兩個字耶……？」

「請放心，菜單裡也有這兩個字。」

「……這樣啊。」

怎麼想都不是可以放心的要素，不過大概是過於震撼而有點麻痺，艾莉莎就這麼抽動嘴角點了點頭。

「……還是別進去吧？」

不過，聽到政近貼心這麼問，艾莉莎在一瞬間露出下定決心的表情，瞪向政近。

「不能這樣吧？我只是覺得這間店很特別，稍微嚇了一跳。」

「啊啊，是喔……」

艾莉莎不服輸的部分完全表現出來，政近心想「這下子說什麼都沒用了」放棄說服，跟著有希進店。

「歡迎光臨～～！」

頓時，隨著店員充滿活力的聲音，一般強烈的味道直接刺激眼鼻。政近背後發出「嗚！」的細微聲音。

「請問幾位～～？」

「三位。」

「好的～～吧檯這邊請～～」

在店員的引導之下，就這麼按照進店的順序就座。

政近低頭瞥向右邊的艾莉莎，她稍微泛淚按著鼻頭。

興趣是遍訪超辣餐館的政近與有希習以為常，不過對於恐怕是初次嘗鮮的艾莉莎來說，這種刺激性的味道好像不好受。

「……還好嗎？」

「什麼事？」

艾莉莎以抑制般的聲音明顯在逞強。她用力閉上眼睛收起淚水，故做鎮靜地拿起菜單……卻在打開之後僵住。

「……欸。」

「嗯？」

「我就算看菜單，也不知道什麼是什麼耶？」

「……說得也是。」

政近露出複雜表情，朝僵住的艾莉莎點頭。不過也在所難免。因為排列在菜單上的是「血池地獄」或「針山地獄」這種不像料理的危險名稱。

此時，以髮圈在脖子高度束起頭髮的有希，像是博學多聞般地開始解說：

「『血池地獄』正如其名是以鮮紅湯頭為特色的拉麵，辣度最低。再來是『針山地獄』，這也正如其名，辣到像是以無數的針扎舌頭。」

「這……這樣啊……那麼……」

聆聽有希解說的艾莉莎臉頰僵硬，看向菜單最下方以駭人字體書寫的料理名稱。

「這個『無間地獄』呢？」

艾莉莎戰戰兢兢問完，有希像是很高興聽到這個問題，露出非常燦爛的笑容。

「聽說是辣過一輪，變得完全失去知覺的辣度！」

「那不就是神經死掉了嗎？」

艾莉莎終於理解這間店真的不太妙，驚慌浮現在表情上，一旁的政近也重新確認菜單，發現沒有比較不辣的普通料理之後閉上雙眼。

「……那麼，我就點這個『血池地獄』吧。初訪的時候先點店裡的基本款，這是常規。」

「說……得也是。基本很重要。」

「哎呀？兩位點一樣的嗎？那我也點一樣的吧。」

政近盡可能伸出援手，艾莉莎也立刻照做。有希也搭上這班順風車，結果三人點了一樣的料理。

「話說回來，今天有希同學穿的服裝很中性。我有點吃驚。」

「呵呵，因為是假日，所以我試著稍微換個心情。」

「這樣啊。給人的感覺確實大不相同，但我覺得很適合妳。」

「謝謝。艾莉同學的便服也很適合，我還以為是專業模特兒。」

「是嗎？謝謝。」

隔著政近進行的女生對話，使得政近感覺會心一笑又不太自在，周圍男性們集中過來的視線令他冒出冷汗。

看起來年齡相近，應該是兼職的男店員視線尤其難耐。

完全是以看著敵人的眼神注視。然而不提實際情形，在旁人眼中確實是左擁右抱的狀態，所以政近不方便多說什麼。

而且兩人都不是普通的女生，是公認能冠上「絕世」兩字的美少女。

如果有個相貌平凡的男性帶著這樣的兩人，即使是政近也會向他行注目禮。

然後會心想「咦？戀愛喜劇的男主角？他是後宮型戀愛喜劇的男主角嗎？」興奮不已。這是阿宅的本性。

（實際上，她們並不是在爭寵，而且看到這種光景，應該猜得到是兩個姊妹淘加上一個提重物的隨從吧。）

正如政近所想的，看見兩名美少女無視於中間的男生愉快交談，眾人似乎認為「啊啊，原來男的是附屬品」而接受，來自店內的好奇視線變少了。

原本懷著嫉妒與憎恨瞪向政近的兼職店員，也改回柔和的視線回頭工作……在這一瞬間，有希扔下炸彈。

「其實這件襯衫與牛仔褲，是政近同學的二手服。」

艾莉莎的笑容頓時僵住，店內的氣氛也凍結了。

（老妹啊啊啊啊——————！）

店內的好奇視線再度集中過來。兼職店員哥露出難以置信的眼神，交互看向政近與有希。

「……二手服？」

「是的，我在家裡被吩咐要選擇適合淑女的服裝……可是我也想穿穿看這種中性服裝，所以拜託政近同學提供衣服。」

「喔……這樣啊。」

艾莉莎掛在嘴角的微笑變成不祥的冷笑，炯炯有神的視線貫穿政近。

「兒時玩伴真的走得很近耶。居然讓女生穿自己的衣服，沒想到久世同學有這種嗜好。」

「不對，這不是嗜好。」

「沒錯，這不是嗜好，是性癖好。」

「妳給我閉嘴。」

政近狠瞪暗示她不准繼續多嘴，有希卻露出了詫異的表情。

「哎呀？可是我之前穿上『彼襯衫』的時候，記得你開心得不得了……」（註：這裡的「彼」是日文漢字的「彼氏」，也就是「男友」的意思。）

「沒有這種事實！」

有希以無辜表情再度投下炸彈。

店內一陣騷動。順帶一提，政近說的「事實」是有希說他很開心的這部分，有希穿「彼襯衫」的這部分是真的。

有希偶爾會像是心血來潮般不帶換洗衣物就來到久世家，這種時候會拿政近的舊襯衫當睡衣穿。

第一次這麼做的時候，有希說著「彼襯衫耶，彼襯衫！」開心不已，政近則是傻眼看著這樣的有希，不過別人無從得知這種隱情。

「……枯襯衫？」（註：日文「枯」與「彼」音同。）

不過幸好艾莉莎不熟悉日本的次文化，看來她不知道「彼襯衫」是「男友襯衫」的意思。

不知道的話就教妳吧？有希掛著天使般的笑容，準備說出這句惡魔般的低語。政近立刻想阻止，不過在這之前，兼職店員哥一邊以看見殺父仇人般的眼神瞪著政近，一邊端著拉麵過來。

「抱歉久等了～～三碗血池地獄～～」

艾莉莎低頭看向送來的拉麵，發出「嗚！」的一聲向後仰。

不只是名副其實的紅黑色湯頭裝滿麵碗的視覺衝擊，裊裊上升的蒸氣也刺激黏膜。

無視於在這個時間點就差點嗆到的艾莉莎，熱愛超辣的兄妹倆嘴角甚至露出笑容，伸手拿起筷子。

「那麼，趁著麵還沒糊掉之前開動吧。」

「嗯。」

「說……說得也是。」

三人異口同聲說「我開動了」，政近與有希毫不猶豫，艾莉莎戰戰兢兢舀起一口麵。

「嗯嗯！真好吃！」

「是啊，難怪有口皆碑。」

兄妹倆吃一口之後滿意般地露出笑容。那麼艾莉莎呢……如此心想的政近以眼角餘光觀察。

「……」

艾莉莎全身僵硬，就這麼睜大眼睛眨也不眨一直咀嚼。放在桌上的左手以非比尋常的力道緊握，拳頭頻頻顫抖。

「……艾莉，還好嗎？」

「……嗯，很好……吃。」

吞下嘴裡的食物之後，艾莉莎終於再度眨眼，露出若無其事的表情。

她到這個時候還在逞強，政近在傻眼的同時甚至感到佩服，總之先遞出紙巾。

「最好每吃一口就用紙巾擦嘴，不然嘴唇會辣到紅腫。」

「……謝謝。」

看著艾莉莎乖乖擦嘴之後，政近再度吃起拉麵。

每吸一口麵，辣椒的強烈辣味就填滿口腔。

辣到像是會瞬間噴汗。不過這種辣帶出食材的美味，令人愈來愈想吃。

愈來愈想窺視這片紅色海洋的深淵（※以上始終是個人感想）。

「嗯，真讚。」

政近滿意地吐出一口氣。此時……

【好痛……】

……他聽到一旁傳來可憐兮兮的哭訴。政近以視線一瞥，發現艾莉莎的筷子完全停止。

雖然表情勉強維持平靜，不過看來她已經無法繼續動筷了。
此時，艾莉莎察覺政近的視線，像是被這雙視線推動般地，朝麵碗伸出筷子。
「慢著，艾莉。真的不用勉強沒關係啊？」
「勉強什麼？我不是說『好吃』嗎？」
妳不是說「好痛」嗎？以俄語說的。
「不對……哎，嗯。這樣啊。」
即使擔心會不會出事，不過政近知道艾莉莎到了這個地步再怎麼阻止也沒用，所以決定不再在意。
政近喝口水休息片刻，再度拿起筷子挑戰紅色海洋的深淵——
【我受不了了……】
沒辦法專心！
一旁傳來的聲音何其脆弱，引人哀戚。
即使如此，政近還是不以為意繼續用餐。然而……
【媽媽……】
當艾莉莎終於開始向虛幻的母親求救時，政近忍不住看向她。
（啊，看來不行了。瞳孔正在放大。）

說來驚人，艾莉莎的表情到這時候還是沒變。只不過……她臉上隱約出現死相。這已經不行了。原本還想放任她自己努力到放棄，不過現在不得不阻止了。醫生喊停。

「艾——」

政近正要阻止艾莉莎的這個時候，另一邊的有希像是先發制人般地搭話：

「艾莉同學，怎麼樣？」

爭奪下屆學生會長寶座的勁敵聲音，使得艾莉莎徹底渙散的雙眼再度聚焦。艾莉莎靠著對抗有希的心態鼓起鬥志取回活力，甚至讓嘴角浮現笑容。

「嗯，很好吃。」

「太好了。原來艾莉同學也喜歡吃辣啊。」

看到艾莉莎掛著有點懾人的壯烈笑容，有希露出純真笑容，就這麼朝她遞出一個小壺。

「這間店可以用這壺『鬼之淚』增加辣度。艾莉同學不介意的話也請用吧？」

有希居然乘勝追擊。艾莉莎嘴角抽動。

順帶一提，這瓶叫做「鬼之淚」的調味料，正式名稱是「鬼之眼也流淚」，正如其名辣到連鬼都會掉眼淚，是這間店自創的調味料。

（快住手！艾莉的ＨＰ已經是零了！）

政近在內心大喊，同時察覺一件事。

（對喔。因為是俄語，所以有希沒察覺艾莉一直在哭訴。）

既然知道原因，就悄悄打耳語告訴她吧……政近如此心想看向有希，然後察覺了。

乍看掛著純真笑容的有希，眼睛深處隱藏著虐待狂的光芒。

（這傢伙，明明早就知道了……！）

政近感到戰慄。旁邊伸過來的白皙玉手，握住有希遞出的小壺。

「只要加幾滴就會明顯變好吃喔！」

「慢著，艾莉！我真的覺得最好別這麼做！」

政近的忠告無功而返，艾莉莎打開小壺的蓋子，以小湯匙舀起壺裡的鮮紅液體，一滴一滴加在拉麵上。然後……

「～～～！」

數秒後，艾莉莎不成聲的哀號響遍店內。

第7話 那是一件悲哀的事件……

「……艾莉，還好嗎？」

「……」

拉麵店附近的公園裡，政近戰戰兢兢詢問癱坐在長椅的艾莉莎。

但是沒有反應。

看來她連虛張聲勢的氣力都用盡，化為一具行屍走肉。

艾莉莎像是沉思的學者，手肘撐在膝蓋，十指相交的雙手抵在額頭沉默不語。政近見狀搔著腦袋不知所措。

不過，艾莉莎終於慢慢抬頭，以空洞的雙眼慢慢環視周圍。

「……有希同學呢？」

「啊啊，她說想買一些東西，去了別的地方。晚點會和我們會合。」

「……這樣啊。」

這裡說的「別的地方」……其實她是趁著艾莉莎茫然自失的時候跑去安利美德大買

特買，雖說彼此是同屬學生會的朋友，有希現階段還是想避免透露自己的阿宅身分。

「……還好嗎？」

「什麼事？」

「慢著，還問我什麼事……」

看來即使精疲力盡到這種程度，她還是不想承認敗給超辣料理。實際上，她確實憑著骨氣吃完那碗拉麵，所以不能說她輸了……不對，說起來根本沒要和任何人比賽。

「啊……要吃冰淇淋嗎？」

「……要。」

政近環視公園發現冰淇淋攤車這麼問，艾莉莎以不同以往的率直態度點頭。兩人就這麼買了冰淇淋回到長椅。不過……

「……」

政近吃著買來的巧克力碎片冰淇淋，目不轉睛看著身旁艾莉莎的冰淇淋。

和政近不同，她點的冰淇淋不是以甜筒裝的，是杯裝。而且口味包括香草、巧克力、乳酪蛋糕以及冰炫風。

四球冰淇淋完全都是甜的。抹茶？薄荷巧克力？冰淇淋不需要苦味或涼爽味！不，甚至不需要甜筒！她的選擇就像這樣強攻甜味。

連店員都有點嚇到。

「那個……因為剛才吃了辣的東西，所以嘍。」

「……這樣啊。」

艾莉莎察覺政近像是吃驚又像是傻眼的視線，有點害羞般地移開視線這麼說。政近心想「不對，還是挺誇張的」卻依然點頭回應。

雖然不知道為什麼，不過艾莉莎傾向於隱瞞自己愛吃甜食的事實。

或許認為和自己的形象不合吧。

（不過當她說著「大腦需要糖分，身體需要活力」一口氣喝光紅豆湯的時候，我覺得她早就沒什麼好隱瞞了。）

即使如此，政近也不會刻意揭發當事人想隱瞞的事情。即使只要是明眼人都看得出來，他也認為既然當事人這麼希望就應該尊重。

（真是的，這性格好麻煩。）

始終愛逞強又愛面子。

獨自不斷努力，一心一意想成為理想中的自己。政近覺得這樣的她好耀眼，同時也不禁會心一笑。

看著艾莉莎獨自努力，就忍不住想幫她。想伸出援手讓她的努力得到回報。

這是基於不自量力的庇護慾？還是用來安慰昔日父親與自己的補償行為？連政近自己都不曉得。

（無論如何，都不是什麼正當的動機。）

像這樣自嘲的政近，忽然好奇一件事。

「我說啊，艾莉……」

「什麼事？」

「艾莉，妳為什麼想當學生會長？」

「因為想當所以想當。既然有更高的目標就往上爬。這需要理由嗎？」

艾莉莎對政近這個問題的回答過於單純，難以判斷是否算是回答。

不過政近明白，這正是艾莉莎的真心話。

她自己也不知道明確的理由吧。但是忍不住就是想繼續跑。

既然有更高的目標，就忍不住想前往該處。艾莉莎・米哈伊羅夫納・九条就是這種人。

（啊啊，真是了不起。我好羨慕。）

政近由衷這麼認為。能夠持續努力追求自身理想的人何其美麗。

不依賴別人，憑著一己之力不斷奔跑的身影何其高尚尊貴。

政近在艾莉莎身上清楚看見只有秉持驕傲全力以赴的人才能綻放的靈魂光輝。

雖然有希與統也都擁有相同的光輝。不過艾莉莎的光輝比兩人更加強烈，看起來更令人擔憂。

「妳要參選會長……那有人和妳搭檔參選副會長嗎？」

聽到政近這麼問，艾莉莎眼神瞬間猶疑……接著像是覺得這樣的自己很丟臉，她面向正前方，以嚴肅的表情回答：

「沒有。但是這不成問題。因為我不需要副會長。」

「慢著，妳說不需要……既然規定要兩人搭檔參選，那就不能這樣吧？」

「有個掛名的副會長就好吧？我會隨便找一個願意推舉我的人。」

這段話令政近覺得非常不捨。就是這樣，就是因為這樣，所以艾莉莎看起來令人擔心得不得了。

不肯依賴任何人，不對別人抱持任何期待，不要求得到任何人的認同或讚美，就只是追求自己理想中的結果並全力以赴。

不，或許正因為她認為這都是自己的自我滿足，所以覺得不該依賴別人。

對於這樣的艾莉莎，政近實在無法袖手旁觀。

因為他知道一個人的力量有限，知道努力沒能得到回報時的悲傷、痛苦與空虛。

（努力……應該得到回報。真正努力的人，才應該獲得自己想要的結果。）

正因為這麼想，所以政近至今經常協助艾莉莎。

把艾莉莎周圍的人們拖下水，想辦法讓艾莉莎願意和旁人合作。自己率先以暱稱稱呼，試著緩和艾莉莎難以接近的氣息。

不過看來沒什麼效果。

「……這樣啊。」

「……」

艾莉莎不發一語。沒露出堪稱情感的情感，只是默默將冰淇淋送入口中。

或許是政近自以為是吧，總覺得這股沉默像是某種無言的訴求。昨天道別的時候，艾莉莎沒說出口的話語是……

此時，吃完冰淇淋的艾莉莎，像是肯定政近的猜測般地低語：

【你和我一起……】

大概是即使用俄語也不敢說下去，艾莉莎說到這裡停住了。不過對於政近來說，光是這樣就已經足夠。

（可是，我……）

沒有艾莉莎、有希或統也擁有的靈魂光輝。

沒有以自身意志決定目標的主體性，也沒有朝著目標持續努力的熱忱。

目標總是由他人決定，熱忱總是取決於他人。

即使是昔日政近最閃耀的那段時期，這一點也沒有改變。

「成為適合繼承周防家的人」這個目標，是母親與爺爺給予的。

邁向這個目標的熱忱，是母親與那個孩子給的，並不是由自己決定的。

只是想要得到母親的認同，想要得到那個孩子的稱讚才這麼做。

僅僅只是使用別人給予的燃料，行駛在別人鋪設的軌道上。

失去這兩者的現在，他無法前往任何地方，只能佇立在原地。

（我不適合。）

政近感謝艾莉莎剛才是以俄語說出那句話。因為她即使是以日語說出口……政近還是只能卑鄙地選擇沉默吧。

此時，艾莉莎像是要改變氣氛般地發問：

「久世同學，接下來有別的事嗎？」

「嗯？不，沒什麼事。」

「有希同學怎麼辦？」

「唔～～……總之晚點再隨便找個地方會合就好吧。」

「是喔，那陪我辦點事吧。」

「辦事……記得妳不是說要買衣服嗎？」

「是啊？」

「慢著，居然說『是啊』……男生陪女生挑衣服，我覺得應該是感情相當親密才會觸發的事件吧？」

「是嗎？」

艾莉莎略感詫異，政近見狀赫然察覺了。

（對喔……艾莉沒有朋友能陪她一起去買衣服，所以不懂這方面的奧妙嗎……嗚！）

覺得她過於可憐的政近忍不住眼角泛淚，他用力咬緊牙關，露出充滿慈愛的表情。

「不……也好。我陪妳吧。」

政近突然變得明理，使得艾莉莎蹙眉。

「怎麼了？突然改變態度……」

「沒有啦，因為我們是朋友。嗯。」

「我總覺得有點納悶耶？」

「別在意。」

政近適度安撫疑惑的艾莉莎，回到午餐之前所待的商場。

前往服飾店雲集的樓層隨意逛逛。

反觀艾莉莎，對於政近突然變得溫柔，她朝著錯誤的方向解釋。

（難道他……認為我選不上學生會長？所以突然對我好？唔，竟敢瞧不起我！）

政近的行為就像是家長在安撫孩子，使得艾莉莎暗自咬牙切齒。

政近像是在更高境界守護她的這種態度，艾莉莎一直無法忍受。不過如果在這時候正面反抗就真的是孩子了。

（好想……好想找機會給他一點顏色瞧瞧。好想拆掉那張老神在在的面具！）

艾莉莎在內心發出「咕唔唔」的呻吟並思索著……然後她想起不久之前那天早上發生的事。

（既然這樣，就以我的全力時裝秀讓你臉紅心跳吧！）

朝著錯誤方向的解釋，使得艾莉莎做出超乎想像的決定。她進入自己喜歡的服裝店，拿著店內的各種衣服進入試衣間。

「那我去換衣服，麻煩你給意見喔。」

「收到。」

她讓政近在試衣間前面等，拉上簾幕挑選衣服。

（首先……穿這件吧。）

在拿進來的衣服之中，艾莉莎首先選擇夏季氣息的純白連身裙。

（這件應該不會出錯吧。瑪夏也說過男生絕對喜歡這種衣服！）

和勇於挑戰的決心相反，艾莉莎沒察覺自己在打安全牌，就這麼依照少女漫畫腦的姊姊所提供不知道是否可靠的情報來挑選衣服。

然後，在她朝上衣釦子伸手準備換穿時……她忽然停止動作。

（……等一下？外面是不是會聽到換衣服的摩擦聲？）

現在外面的政近和她只以一片簾幕相隔，而且下方有一小條縫隙。艾莉莎一旦注意到這一點，害羞的感覺立刻湧上心頭。

「久世同學！你離遠一點！」

艾莉莎忍不住朝簾幕外側這麼說，隨著「好～～」這聲毫無幹勁的回應，聽得到腳步聲逐漸遠離。

艾莉莎對此稍微鬆一口氣……同時開始慌張，因為對方的腳步聲聽起來比想像的還要清楚。

（咦？聽得到腳步聲的距離……那換衣服的摩擦聲也聽得到吧？）

感覺自己正在做一件非常害羞的事，艾莉莎靜不下心。政近剛才說「男生陪女生挑衣服，是感情相當親密（下略）」這段話的意思，如今她好像懂了。

（不，沒事的。而且店裡也在播放音樂……這邊發出的聲音肯定沒那麼容易被聽到。）

艾莉莎害羞到好想逃走，但是她的自尊不容許這麼做。

她努力克制害臊的心情，下定決心開始脫衣服。

避免注意到外頭的少年，安靜迅速地換好衣服，即使知道沒意義，她依然豎起耳朵感應外頭的狀況。

（看來……沒問題。）

外頭沒什麼特別的反應。她逕自接受這個結果，重新面向鏡子。

至於被艾莉莎偷聽反應的當事人，正承受著周圍大姊姊們「哎呀，學生情侶？是在等女朋友嗎？真可愛〜〜」的溫暖視線，露出放空的表情心想「這是愛情喜劇常見的橋段……」逃避現實。

換衣服的摩擦聲不在他的注意範圍，艾莉莎的擔心是多慮了。

只不過，政近比起艾莉莎的換裝，更在意周圍的視線，這或許不是艾莉莎樂見的結果吧。

（嗯，我自己都覺得很合適。不愧是我。）

艾莉莎在鏡子前面擺姿勢自誇。然後她確信自己會獲勝（不知道何時成為比賽就是了）準備拉開簾幕時，卻突然感到不安。

如果他毫無反應呢？如果他一邊滑手機一邊說「喔喔～～還不錯吧？」敷衍了事呢？……眼淚說不定會掉下來。光是想像，她的心臟就一陣緊縮。

（唔……哼！如果這樣的話，我要狠狠甩他一巴掌！）

不過艾莉莎鼓起鬥志壓制這種軟弱心態，猛然拉開簾幕。

「這件好看嗎？」

艾莉莎單手扠腰，體重壓在單腳，擺出模特兒般的站姿，挑釁般地看向政近。

實際上，超群的身材搭配美貌，簡直像是名模般令人驚豔。

不經意看向這裡的店內女性們也出聲感嘆。政近當然也不例外。

（只要是男生絕對會喜歡這一味！）

政近在內心用力大喊，高舉拳頭打在虛構的桌面。看來瑪夏的情報在這次是對的。

不過要是在這時候明顯做出可疑反應，就會正中艾莉莎的下懷。政近非常清楚，這時候害羞的一方將是輸家。

正因如此，所以現在要轉守為攻！

「嗯，很適合妳。艾莉的白皙肌膚和純白連身裙是絕配。清純氣息以及少女魅力被強調出來，感覺比平常可愛得多。」

「唔，咦？啊，是嗎……？」

政近的反擊使得艾莉莎驚惶失措。聽他當面認真稱讚，總覺得內心平靜不下來。

「那麼，我去換下一件……」

艾莉莎支支吾吾說完，像是逃走般拉上簾幕。

簾幕遮擋兩人的視線……緊接著，艾莉莎與政近同時在簾幕的內外兩側蹲下。

（咦？咦？什麼？咦咦？總覺得他讚不絕口耶！）

（好害羞！超害羞的！真虧我沒笑出來就說完！這真是不妙，在我面前表現得那麼嬌羞，簡直羞死我也！那傢伙平常還真敢做出那種事。雖然她是以為我聽不懂俄語才那麼做的！）

政近沒有餘力在意周圍大姊姊們的溫馨視線，抱頭承受害羞的心情。不遠處的艾莉莎也是雙手按著臉頰承受害羞心情。

（咦？慢著，咦咦？天……天啊，居然說我可愛……說我可愛！～～～～！真是的！真是的！）

但她依然沒能完全克制，拍打試衣間的地板，然而聲音卻比想像的還大，所以連忙收手。

艾莉莎毫無意義清了清喉嚨重新面向前方，看著鏡中自己合不攏嘴的表情，忍不住輕輕將額頭撞向鏡子不動。

額頭用力按在鏡面，藉由疼痛與冰冷的觸感強行重振精神。

（呼～～……沒事的。仔細想想，他只是理所當然地說出理所當然的事情吧？是的，沒想到久世同學是會好好稱讚女生的人。佩服佩服。）

當艾莉莎以有點跩的態度給予評價，輕輕將頭髮撥到身後時，內心浮現「熟練」的印象。

（熟練？熟練什麼事？）

無須思考。是政近稱讚女生的這件事。那麼，讓他熟練稱讚的對象是誰？艾莉莎只想得到一個答案。

（有希同學……？）

腦中冒出一陣涼意。短短數小時前所看見，兩人愉快逛店購物的身影浮現在腦海，一種煩悶的感覺在艾莉莎內心擴散。

「……」

艾莉莎緩緩離開鏡子，看向拿進來的衣服。然後慢慢從中拿起牛仔褲與襯衫，再度開始換衣服。

這種組合，尤其是印著英語偏向男性風格的黑色襯衫，不免讓人覺得是意識到某件事所做的選擇，但這就想太多了。

如果艾莉莎自己說沒有別的意思，那就是沒有。

「這套怎麼樣？」

我可沒做什麼虧心事哦？艾莉莎像是要如此暗示，以充滿自信的表情拉開簾幕。

不過，政近終究沒遲鈍到看見這身打扮依然毫無反應，卻也沒有不識趣到刻意指摘，又或許應該說他沒那麼膽大包天。

「這次感覺是明顯走帥氣風格。艾莉與其說可愛應該說漂亮，所以我覺得這種衣服也很合適。而且從裙子改穿牛仔褲也能凸顯妳的姣好身材。」

「唔，嗯～～是嗎？謝謝。」

政近再度讚不絕口，艾莉莎也不再困惑，接受這份讚賞。她也沒隱藏自己暗喜的心情，甚至難得露出笑容道謝。

「那我去換下一件。」

「好～～」

後來，艾莉莎甚至完全忘記原本要讓政近臉紅心跳的目的，純粹享受起這場時裝秀。

接連換穿各種衣服，甚至在鏡子前面決定姿勢再展現給政近看。對此，政近也將自己在二次元學到稱讚女生的語錄活用到極限將她捧上天。

政近的羞恥心逐漸麻痺，反觀艾莉莎心情愈來愈好。正如政近的想像，艾莉莎沒有朋友能陪她一起買衣服，偶爾一起購物的姊姊，無論艾莉莎穿什麼都只會說「艾莉好可愛～～」，所以艾莉莎是第一次像這樣被人以具體的話語稱讚。

（再來是～～嗯嗯～～♪再來是～～♪）

艾莉莎心情大好，在內心哼著歌挑選衣服。

有希在場的話肯定會說「妳真好騙」，不過當事人沒有自覺。

然後她任憑愉悅心情的驅使，將手伸向剛剛拿進來時還心想「這我應該不會穿，總之以防萬一」的這套衣服。

（有點太大膽了……嗎？不過久世同學應該會稱讚吧。）

她挑選的是露肩的細肩帶上衣與迷你裙。設計得相當清涼，尤其是那件迷你裙，雙腿本來就修長的艾莉莎穿起來會令人想說「嗯？膝上長度？計算下襠長度快得多吧？」這種話。

平常的艾莉莎絕對不會穿這種服裝，即使穿了也絕對不會給異性看，不過被政近稱讚到完全處於興頭上的艾莉莎，無視於僅存的理性聲音拉開簾幕。

是的，她沒察覺簾幕外側的氣息不知何時增加為兩人。

「這套怎麼……樣……」

艾莉莎上半身前傾，右手食指按在臉頰，送出一個迷人秋波……的時候，發現有希站在政近身旁。

兩人的視線從正面相對，艾莉莎就這麼閉著單眼僵住。

另一方面，有希提著塞滿各種宅物的紙袋，看著這樣的艾莉莎頻頻眨眼……

「哇喔，艾莉同學好大膽耶～～」

「……是啊。」

有希掛著最自然的表情吹口哨，政近掛著無法言喻的表情移開視線。

看見這樣的兩人，艾莉莎一下子變得冷靜。

臉上失去血色，接著赫然一陣火熱。

「……我想也是。」

艾莉莎繃緊漲紅的臉頰，輕輕拉上簾幕，靜靜蹲在原地。

然後她照鏡子再度確認自己現在的模樣，以細如蚊鳴的聲音呢喃道：

【……好想消失。】

「艾莉同學，妳說什麼？」

「……她說她想消失。」

「呵，真是純真的寶貝哪。」

「妳是在模仿誰啊？」

只不過，連這句呢喃都被這對兄妹聽到了。

◇

後來艾莉莎完全安分下來，買下試穿過的其中兩件衣服，早早就和政近與有希踏上歸途。

艾莉莎上了電車依然沒回復心情，大概是關心這樣的她，政近與有希也沒交談，默默滑著手機。

「那麼艾莉，下週一見。」

「今天很快樂。改天再一起出來吧？」

「好的，再見。」

最後，政近與有希兩人先下車，艾莉莎目送他們的背影之後，無力地癱坐在電車的座位上。

【太離譜了……】

回想起自己剛才展現的放蕩模樣（自身基準），艾莉莎有股衝動想扭動身體。

【那麼短的裙子……絕對被認為是不檢點的女生了……】

艾莉莎將臉埋進大腿上的紙袋，暫時因為羞恥與後悔而備受煎熬……但她忽然察覺一件奇怪的事。

「……咦？」

是的，很奇怪。為什麼剛才他們兩人一起下車？

政近與有希的家，以車站計算的話應該距離三站才對。正常來想，他們不可能在同一站下車。

「……咦？咦？」

這麼一來，只想得到一種可能性。他們兩人還不打算回家。不對，該不會是打算前往其中一人的家……？

「咦——？」

實際上，她猜對了。有希不能將阿宅精品帶回周防家，所以要在久世家享受戰利品。

不過，艾莉莎無從得知這種隱情。

「那兩個人，果然……？」

內心冒出這種疑惑，但她勉強從上方壓住。

（不對。或許他們只是還想去別間店吧。）

正當艾莉莎像這樣說服自己時……她突然想起一件事，取出手機。

（當時她是怎麼說的……記得是「枯襯衫」？）

艾莉莎依照記憶搜尋關鍵字，看見符合的圖片之後睜大雙眼。

「這——！」

艾莉莎突然的怪叫引來周圍的注目，但她無暇在意。

這張圖片，似乎是從少女漫畫的某個場面擷取的。

只見一對男女面對面坐在一張床上，女性穿著寬鬆的襯衫害羞微笑，而男性……上身赤裸。

（這這這這……這是怎麼回事？）

勉強從上方壓住的疑惑，撥開她的手突破天花板。

（咦？咦咦？咦咦咦——？）

明顯洋溢限制級氣氛的這張圖片，使得艾莉莎目瞪口呆。圖片裡的男女在腦中替換為政近與有希，她連忙消除。

（這是怎麼回事啊～～～？）

艾莉莎獨自留在電車上，找不到答案的這個疑問使她悶悶不樂。

Иногда Аля внезапно кокетничает по-русски

第8話　嗯，我知道了

「唉……那傢伙是不是愈來愈肆無忌憚啊……？」

放學後，政近看著有希傳來的簡訊自言自語。

今天學生會的工作要外出購買備品，但是有希突然有事不能去，所以希望政近代替她去。

『葛格，求求你啦～～♡』

「……」

最後傳來的這句簡訊，簡直做作到灑脫的程度，政近在煩躁的同時不知為何脫力。

「總之，我還是會去啊？我會去啦……」

政近一邊嘀咕，一邊簡短傳送「收到」兩個字。

『耶～～最喜歡哥哥了♡』

「好啦好啦。」

接連收到愛心滿天飛的貼圖，政近露出苦笑，將手機收進口袋之後前往學生會室。

不管怎麼說，政近還是很疼妹妹。從世間的一般角度來看，難免被說成有戀妹情結。

「打擾了。」

政近來到學生會室敲門打開一看，裡面有兩個人。

「喔，久世。不好意思，麻煩你特地過來幫忙。」

「不會，我只是來補有希的缺。」

一人是學生會長劍崎統也。另一人是……

「哎呀，你就是久世學弟？我是瑪利亞・米哈伊羅夫納・九条。是艾莉的姊姊，學生會書記。請多指教哦～～？」

「啊，妳好。平常備受艾莉關照了。」

瑪利亞掛著軟綿綿的笑容親切打招呼，政近心想「兩姊妹給人的感覺真的成為對比」簡單點頭致意。

「聽說今天要和九条學姊外出採買……」

「叫我瑪夏就好啊？既然是艾莉的朋友，對我來說也是朋友喔～～」

「啊，這樣啊……」

瑪利亞笑咪咪快步接近。「陽……陽角力破表了……」政近有點畏縮。（註：日本年輕人的慣用語，泛指個性開朗陽光的人。反義詞是「陰角」。）

「也可以叫我瑪夏學姊～或是瑪夏小姐哦～～？」

「這樣啊……那就瑪夏小姐吧。」

政近莫名害臊移開視線。瑪利亞走到政近面前，雙手握住他的右手輕輕上下搖動。

「嗯嗯，請多指……教……」

瑪利亞笑盈盈和政近握手。如果是偶像露出這張笑容，想必能立刻虜獲男生的心吧。不過在她抬頭近距離看見政近臉孔時，表情突然變得正經。

總是溫柔瞇細，眼角略微下垂的雙眼大幅睜開，臉蛋完全收起平常的笑容。

「什……什麼事？」

態度驟變的瑪利亞使得政近忍不住後退，但是右手被她意外用力地抓住，所以頂多只能後退一步。

「久世學弟……你的名字是？」

「咦？政近……政治的政、遠近的近，政近。」

「政……近……」

瑪利亞以嚴肅到嚇人的表情，像是要以視線射穿般地注視政近的臉。

幾乎是第一次見面的漂亮學姊，就這麼以雙手握著政近的手目不轉睛注視，政近不只是臉紅心跳，甚至開始不安起來。
「怎麼了？九条姊，久世背後纏著什麼東西嗎？」
「會長，真要說的話應該是『臉上沾著什麼東西』才對。」
「喔喔，真有你的，久世。」
此時統也出言救場，政近立刻配合。間不容髮的這句吐槽，使得統也豎起大拇指稱讚。
突然上演這段搞笑對話，瑪利亞慢慢眨了眨眼睛，回復為一如往常的軟綿綿笑容。
「啊啊，對不起。想到『這個人就是艾莉的朋友啊～～』，我忍不住就……」
她急忙鬆手，按著自己的臉頰，不好意思地微微歪過腦袋，然後像是要重新打起精神般地拍合雙手開口：
【那麼，我們走吧。】
突如其來的俄語，使得政近一時為難。政近當然聽得懂，但是平常在她妹妹艾莉莎面前假裝不懂俄語，所以這時候不能點頭回應。
「不好意思，妳說什麼？」
政近裝傻這麼反問，瑪利亞只在瞬間微微睜大雙眼，接著重新露出笑容。
「對不起，我剛才只是說『我們走吧』。」

「啊啊，好的。」

「那麼會長，我們出門了。」

「好，拜託了。」

「失陪了。」

「久世，也麻煩你了。」

「好的。」

向統也行禮致意之後，兩人離開學生會室。

「記得是要採買備品？我只有聽有希大略說明。」

「沒錯～～學生會室要用的各種東西～～」

「這樣啊……這種東西在國中部是一起向業者訂購，原來在高中部不是這麼做。」

「零散的消耗品會這麼買喔～～不過畢竟是我們在使用的學生會室，所以想稍微反映自己的喜好吧？這種物品就得實際親眼挑選。尤其是紅茶之類的，要實際聞味道才挑得到好的。」

「啊啊，原來如此……不過這樣的話，就愈來愈覺得我這種局外人不該參與了。」

「說得也是……那麼，久世學弟也加入學生會不就好了？」

「不，我沒這個意願。」

「是嗎？真可惜～～」

瑪利亞像是真的感到惋惜般地聳肩，政近露出苦笑。

「那麼，我會努力做好提東西的工作。」

「好的，拜託嘍～～？」

既然是局外人，那麼別貿然提意見，徹底擔任提東西的角色就好吧……雖然政近這麼想，但這個想法太天真了。

「這牌子的精油好香哦～～總之試著每一種都……」

「慢著，在學生會室用精油不太好吧？這種東西請在自己的房間用吧。」

「天啊～～這個貓咪布偶，和艾莉一模一樣！啊，對了。按照學生會每個人的形象買布偶擺成一排怎麼樣？」

「這是什麼夢幻國度嗎？其他女性成員就算了，會長肯定會覺得待不下去吧！」

「會長是這隻戴眼鏡的獅子先生吧～～」

「不對，就說了……慢著，還真像！」

「那就買這隻——」

「等一下，雖然很像！可是學生會室基本上不能擺布偶吧！」

「咦咦～～」

「不對，『咦咦～～』是我要說的吧？」

「唔……知道了啦。不過這隻貓咪很可愛，所以我要買下來自用。」

「啊啊，開在同一張收據不太妙啦！會計艾莉會罵的！」

在瑪利亞毫不猶豫進入精品百貨店的時間點，政近就覺得不妙，但是實際上超乎想像。她遠比政近想像的還要隨性得多。

瑪利亞被各處吸引注意力，非常認真想要購買明顯不適合學生會室的商品。在負責提東西之前，政近光是駕馭她就用盡心力。

（不行，這個人太隨性了。平常都是這種感覺嗎？那麼艾莉應該很辛苦吧。）

好不容易只買齊最底限的必需品，要前往最後的紅茶店時，政近已經精疲力盡。他正如自己所說盡到提重物的職責，低頭看向抱著布偶行走的瑪利亞。

小學低年級就算了，若是高中生抱著布偶走在街上，總覺得不是很適合，不過說來神奇，瑪利亞這麼做並不會很突兀。

（嗯，總之……有種「喂，貓兄，跟你換個位置」的感覺。）

看著在布偶後腦勺壓到變形的雙峰，政近忍不住這麼想……緊接著，他腦中浮現不屑看著垃圾般的艾莉莎臉龐，不禁打起冷顫。

（姆係啦……這麼雄偉的景致就在眼前，只要是男生都會看啦。這是男人的悲哀本

性。）

政近不知為何以方言辯解，向腦中的艾莉莎道歉。

「久世學弟，在這裡喔～～」

「好的！不好意思！」

「嗯？怎麼了？」

「不，那個，是的。沒什麼事……」

政近縮起脖子，瑪利亞「嗯嗯～～？」詫異歪過腦袋，但還是進入店內。

「那個，瑪夏小姐，還是由我拿吧。」

「啊啊，謝謝～～那麼，艾莉喵就麻煩你嘍？」

「艾……艾莉喵……」

頗為驚人的取名品味令政近臉頰抽動，從瑪利亞手中接過布偶。

（……慢著，雖然由我拿了，不過這幅畫面看起來真不好受！）

抱著布偶的女高中生頂多只會令人苦笑，但如果是男高中生就笑不出來了。是令人無法直視的案件。不過……

「哎呀～～很合適耶～～」

「妳的品味有毛病吧？」

不知道是被哪裡打動內心，瑪利亞開心一笑，居然取出手機想拍照記錄。

「來，笑一個～～」

「不對，休想得逞！」

「咦咦～～有什麼關係啦～～」

政近連忙以手上的購物袋防禦瑪利亞的手機鏡頭。如今他已經敢毫不客氣吐槽這位學姊。

「好了，妳要看紅茶對吧？」

「啊啊，差點忘了。店長～～」

好不容易避免被拍照，政近在店內一角看著瑪利亞。

瑪利亞好像是這間店的常客，只見她一邊和熟識的中年店長交談，一邊試聞各種茶葉的香味。

「久世學弟覺得要選哪一種？」

「不用問我啦，我不懂紅茶。說起來也不是我要喝的。」

大概是關心閒著沒事的政近，瑪利亞前來徵詢意見，不過政近鄭重回絕。

（如果是有希，在這時候肯定會參與吧。）

有希是周防家的大小姐，對於紅茶品牌肯定也有相當程度的知識吧。

思考這種事的時候，店家好像要招待試喝候選名單的紅茶。女店員以托盤端了幾個紙杯，從店內深處走過來。

「嗯～～好喝。機會難得，久世學弟也喝吧？」

瑪利亞拿起一個紙杯品嘗之後露出甜美笑容，向政近招手。這幅光景令政近靈光乍現。

（這……這是……間接接吻事件！）

不在乎這種事的女生，不經意將喝過的杯子或寶特瓶拿給男生喝的事件。令許多戀愛喜劇的男主角臉紅心跳，以莫大的羞恥心為代價獲得小小幸福的事件！

（但是，我不一樣。）

這種事情如果害羞就輸了，如果在意就輸了。政近很清楚這一點。是的，這種時候應該聰明行事，應該帥氣搞定！

「那麼……」

基於這份決心，政近將手上的物品放在腳邊，以帥氣的腳步（政近標準）走向瑪利亞——

「來，這位小哥也請用。」

「謝謝～～！」

女店員遞出新的紙杯，政近面帶笑容接過來。看來原本就準備了兩人份。真是貼心又大方的一間店。不過這份體貼對於政近來說沒什麼好開心的。

（唔喔喔喔喔喔喔喔──！丟臉！我好丟臉！）

政近掛著虛假的笑容品嘗紅茶，內心痛苦掙扎。

「如何？好喝吧？」

「是！真的很好喝。」

「對吧～～」

「是！沒錯！」

政近不知為何以運動員語氣回應，內心七上八下。無法區分現實與二次元的阿宅腦，在這裡展現悲哀的一面。

◇

「喔，回來了嗎？辛苦了……慢著，妳拿著一個好驚人的東西。」

在學生會室處理文件的統也，看向瑪利亞抱著的布偶露出苦笑。

「很可愛吧？」

「哎，可愛是可愛……妳打算擺在學生會室？」

「可以擺嗎？」

「不，拜託不要。」

「會長，這些要放哪裡？」

政近提起購物袋詢問，統也從座位起身走過來檢視內容物。

「我看看……嗯，都是普通的備品。久世，感謝協助。如果只交給九条姊一個人，不知道會變成什麼樣子……」

「學生會室會成為夢幻國度。」

「……這樣啊。嗯，真是太好了。謝謝。」

大概是看見瑪利亞抱著的布偶猜到各種端倪，統也露出嚴肅表情輕拍政近肩膀。

「久世，怎麼樣，還是加入學生會吧？」

「不，這個嘛……偶爾幫忙的話倒是沒問題。」

「既然會幫忙，至少掛名列為成員比較好吧？不勉強就是了。」

「喔喔，九条妹贊成嗎？」

「慢著，居然說掛名……不可以這麼做吧？話說，如果是有希我還能理解，為什麼會長這麼希望我加入？」

政近疑惑詢問，統也露出「我反而覺得你這麼問很奇怪」的表情撫摸下巴。

「嗯……倒是久世你為什麼不想加入學生會？我不認為業務繁忙是唯一的原因。」

「……因為我不適合擔任學生會幹部。」

沒有堅定的意願要獲得這個地位，也沒有決心負起這個立場附帶的責任，這樣的自己不適合。掛著苦笑的政近表情蒙上陰影，統也「嗯？」地揚起單邊眉毛歪過腦袋。

「但我覺得你不會不適合。畢竟在國中部學生會，你不就成為稱職的副會長，實際立下佳績嗎？」

「就是有這個經驗才知道不適合。而且說起來，我成為副會長也是有希拜託的……並不是我自己想獲得這個地位去做某些事。」

「……嗯，這麼做有什麼錯嗎？」

「咦？」

統也打從心底詫異的語氣，使得政近頓時抬起頭。接著統也咧嘴一笑，挺胸這麼說：

「我可是為了讓喜歡的女生看上我，才成為學生會長啊？我覺得這個動機的不純程度遠超過你吧！哈哈哈！」

「咦？是……是這樣嗎？」

統也以毫不害臊的態度光明正大宣布真相，出乎政近的意料。政近吃驚睜大雙眼，統也操作手機給他看一張照片。

「你看這個。」

「……？請問……這是您弟弟嗎？」

「是國三的我。」

「咦？」

照片裡的人和現在的統也一點都不像，坦白說是非常不起眼的小胖弟。蓬亂的頭髮、土裡土氣的眼鏡、長滿痘痘的臉。

更重要的是他缺乏自信，將又高又寬的身體縮起來的這副模樣，流露出從現在統也身上完全感受不到的怯懦氣息。

「如你所見，兩年前的我是典型的陰角。成績不好，運動細胞也很差。老實說，我不太喜歡學校本身……但是即使匹配不起，我還是喜歡上同年級的兩大美女之一。」

「這個人是……」

「沒錯，副會長更科茅咲。」

會長正在和副會長交往，這件事在校內也很有名。對這種八卦話題沒興趣的政近也知道。

不過，政近至今都以為是學校階級頂點的兩位菁英自然而然成為情侶。沒想到是從學校階級底層拿下逆轉勝。

「後來我拚命努力，想成為配得上她的男人。拿下會長寶座也是計畫中的一環。怎麼樣，這動機不純吧？」

「哈哈哈……哎，說得也是……」

當事人如此充滿自信這麼說，政近也只能笑了。對於掛著苦笑不知道該說什麼的政近，統也這麼說：

「所以，動機什麼的一點都不重要。那邊的九条姊也是茅咲邀請加入學生會的。」

「是這樣嗎？」

「是啊～～？不過，也是因為我單純對學生會感興趣啦。」

瑪利亞掛著軟綿綿的笑容肯定。接著她改成有點正經的表情，像是溫柔勸說般地開口：

「我覺得啊，不管動機是什麼，只要好好留下成果就沒問題。無論起因是戀情還是友情，只要能以學生會成員的身分好好為學生們做事就好。」

「是……嗎？」

「沒錯吧？不然的話，政治家都必須是聖人君子才行了。」

「啊哈哈，說得也是。」

政近露出挖苦卻有點愉快的笑容，統也也像是肯定瑪利亞的說法般地點頭。

「就是這麼回事。不管動機是什麼，你也曾經身為學生會副會長，和周防一起留下傑出的成果。完全不需要為此感到丟臉或愧疚。」

這段話意外震撼政近的心。

他一直隱約懷抱著罪惡感。無論留下多少實績，也無法拭去「有其他人更適合這個地位」的想法。

從「某人」那裡奪走這個地位的愧疚感，一直讓政近的心蒙上陰影。

即使獲得周圍再多的讚美，自己不認同的話就沒有意義。若是沒有伴隨著自我肯定，再大的榮耀也只會徒增空虛。不過現在，統也與瑪利亞這席話，使得政近稍微可以認可昔日的自己。

「為了讓某人成為會長而加入學生會？完全沒問題。我、茅咲與九条姊都很歡迎。不容許任何人有意見。」

統也說完之後傲慢露出無懼一切的笑，政近有點想哭。不知道是因為昔日的自己獲得原諒而喜悅，還是對於統也的耀眼光芒感到憧憬。

「……我考慮一下。」

「嗯，仔細考慮吧。因為煩惱是年輕人的特權。」

「會長不也是年輕人嗎～～不過老實說，看起來不像高中二年級。」

「哈哈哈，經常有人這麼說！上次還有人誤以為我是研究生！」

看著露出開朗笑容的兩名溫柔學長姊，政近也稍微發笑。

（為了讓某人成為會長……是嗎……）

在內心反芻統也這句話的政近，腦中隨即自然浮現某人。政近嚇了一跳。因為這個人不是有希……

「……這麼說來，艾莉今天在哪裡？」

政近像是要切換思緒，環視室內這麼問。雖然話題突然改變，但統也不以為意地回答：

「啊啊，九条妹去仲裁運動社團的紛爭……這麼說來，她去了好久。」

「紛爭？意思是……」

「放心吧。並不是要打架。其實——」

依照統也的說明，這裡說的「紛爭」是關於足球社與棒球社的操場使用權。足球社與棒球社都使用操場練球。

而且在這個時期，棒球社為了準備每年慣例的校際賽，使用操場的次數照例都會多一點。

不過，足球社今年對此有意見。他們說足球社也有校際賽，所以要求對方讓出操場的使用權。

「棒球社主張每年都是固定這麼做的，足球社主張就算是慣例，沒什麼實績的棒球社優先使用操場還是很奇怪。實際上，相較於這幾年成績愈來愈好的足球社，棒球社的社員減少，感覺近年在衰退……兩邊說的都有道理，所以很難找到妥協點。」

「艾莉去仲裁這件事？」

「嗯。社團之間的這種紛爭平常都由茅咲負責，但她今天要處理劍道社的事情沒空。我覺得這也可以成為一種經驗，所以交給九条妹……看來她處理得不太順利。」

統也看向時鐘，然後視線移向窗外的社辦大樓方向。

「……沒問題嗎？」

「嗯？總之即使氣氛稍微火爆，應該也不會演變成打群架吧。」

統也說完聳了聳肩。瑪利亞在整理買來的備品，看起來沒有特別擔心。

不過，政近腦中浮現艾莉莎前幾天和酒醉上班族一觸即發的光景，不安的感覺逐漸在內心擴散。

「……那麼，我先告辭了。」

「嗯，路上小心啊。」

「今天謝謝你。改天我再酬謝。」

「好的。」

心神不定的政近向學長姊道別，走出學生會室。

「……只是去確認有沒有打起來。」

然後他自言自語，不是朝著校舍門口，而是朝著社辦大樓踏出腳步。

◇

「就說了！就算是慣例，終究也只像是友誼賽吧？我們這邊是攸關大賽的重要比賽啊！」

「正因為是友誼賽才重要！對方學校和我們也有往來，而且說起來是你們強詞奪理吧！」

足球社的社辦真的呈現一觸即發的狀態。室內聚集十幾名足球社與棒球社的高年級學生，雙方陣營毫不讓步針鋒相對。

「請冷靜。相互批判也無濟於事吧？」

站在中間的艾莉莎，已經不知道是第幾次發言仲裁，但是沒什麼效果。

艾莉莎姑且在學校附近的河岸準備了新的練習場所，當成說服眾人的籌碼。不過接下來就為了決定誰使用操場、誰使用河岸導致意見對立。

議論沒有交集，雙方陣營的協調會已經成為半互罵的狀態。

艾莉莎努力試著找到妥協點，然而激動的雙方陣營都完全不肯讓步。

「說起來，足球社的社員人數遠比你們多！考慮到移動需要的時間與勞力，應該是你們過去吧！」

「你們人多所以拿到比較多的預算還不夠嗎？居然還想要搶走練習場所，這只是多數欺負少數吧！」

「冷靜，請各位冷靜！」

艾莉莎即使拚命大聲安撫，內心也已經快要氣餒。

就算是艾莉莎，被高年級的健壯男生們包圍還是會害怕。

不只如此，她的提案也悉數被駁回，還一直聽雙方怒言相向，艾莉莎心理上終究受不了。

她只憑著肩負任務的責任感與不服輸的個性勉強撐下來，但是也差不多快要達到極限。

（沒人……願意聽我說。我……果然……）

果然無法打動人心。

這是很久以前就隱約察覺的事。

至今總是瞧不起別人，心想「反正沒人跟得上我」冷漠待人，拒絕理解或是接近他人。

這就是報應。

到底有誰願意聽這種人說話？

不去接近他人的心，只會高姿態說一些大道理的人，怎麼可能打動人心？

（我……好孤單。）

這個事實像是冰冷的毒素，逐漸滲透並折磨著艾莉莎軋軋作響的心。

艾莉莎知道，是她自己選擇這麼做的。只將周圍的所有人視為競爭對手，為了不輸給任何人而努力至今。

這都是自己的選擇，所以在所難免。

（是的，我知道的。我早就……知道了……！）

可是，可是……！

【救我……】

輕聲說出的喪氣話，是在場沒人聽得懂的俄語。

無法捨棄尊嚴逃離，也無法大聲哭喊，甚至無法率直求救。

在內心一角，某個冷靜的自己冷漠告知「所以妳活該孤單一人」。艾莉莎自嘲正是如此，卻依然從顫抖的喉嚨深處擠出聲音：

【誰來……救救我啊……】

雖然過於微弱又不忍卒睹，卻是艾莉莎竭盡所能，痛切發出的SOS。

孤傲少女輕聲說出口，沒要傳達給任何人的這句話，空虛地消失在室內你來我往的怒罵之中……本應如此。

喀啦啦啦！

拉門開啟的聲音突然響遍室內，裡面所有人的視線同時集中過去。

站在那裡的是一名相貌平凡的男學生。

從他的領帶顏色來看是一年級。體格也沒特別得天獨厚，在現場男生之中的壯碩程度墊底。

不過，這名少年傲視室內的瞬間，在場所有人倒抽了一口氣。他們在剎那之間被這名少年散發的氣息懾服。

直到剛才都殺氣騰騰的學長們，少年只以視線讓他們沉默下來，然後他大方踏入室內……忽然露出笑嘻嘻的表情這麼說：

「各位好～～學生會派我過來支援。我是學生會的總務，久世政近。」

◇

政近來到足球社的社辦前面，在門外偷偷觀察艾莉莎孤軍奮戰的樣子。

（看樣子沒辦法了，艾莉。）

政近聽著艾莉莎獨自拚命用盡話語勸說的聲音，冷靜做出這個判斷。

雙方陣營完全在氣頭上。這時候應該重新來過，等到日後冷靜下來再協調。

事情演變到這個地步，聰明的艾莉莎應該明白這才是最好的做法。

是因為從會長那裡接下這個任務而心急，掌握不到收手的時機嗎？

（……哎，雖然很可憐，不過這也是一種經驗。）

照這個樣子來看，用不著艾莉莎阻止，這場協調會也即將以吵架的形式決裂吧。

等到不歡而散之後，再重新安排雙方協調就好。

身為局外人的自己不應該貿然插嘴，而且插嘴的話會傷害艾莉莎的尊嚴。

「加油吧，艾莉。」

政近只輕聲送上一句聲援，然後離開現場——

【救我……】

政近轉過身去的時候，背後傳來小小的ＳＯＳ。踏出的腳頓時靜止。

柔弱、痛切的聲音。

至今從來沒聽過的聲音。她求救的聲音。

將胸口勒得無法呼吸的這個聲音，使得政近搔了搔腦袋。

（啊啊，可惡！為什麼說出這種話啊！）

應該更早離開這裡才對。這麼一來就不會聽到她的這種聲音了。

真是笨拙的ＳＯＳ。明明率直向會長或姊姊求救就好了。就是因為妳做不到，妳才會總是孤單一人。就是因為這樣……

【誰來……救救我啊……】

所以實在無法置之不理。

【Я понял.】（嗯，我知道了）

政近輕聲說完，胡亂將頭髮往後撥，再度轉過身去。

◇

眾人因為突然有人闖入而不知所措的時候，包括棒球社社長的部分學生說著「久世……」感到驚訝。他們認識國中部學生會時代的政近。

「久世……同學……」

艾莉莎以充滿驚訝與困惑，卻也帶著些許依賴的聲音叫著政近。政近輕拍她的背，像是要將她保護在身後般地走向前。

「我聽會長大致說明了，你們在吵的是操場與河岸的練習場所要怎麼分配使用。我這個認知沒錯嗎？」

「嗯，沒錯。」

「謝謝。」

回答政近這個問題的人，是不知為何至今一直保持沉默的棒球社社長。

在其他社員怒罵時一直不發一語的他，以期待與信賴各半的眼神看向政近。

就像是要回應他的視線，政近一度環視雙方陣營的所有人之後開口：

「不然這樣吧。考慮到移動的人數，請棒球社去河岸練習。相對的，人數比較多的

足球社要派人支援。各位覺得如何？」

聽到政近的提案，足球社感到為難，棒球社產生反感。

「這是怎樣！到頭來我們還是抽到下下籤吧！」

「為什麼只有我們必須被趕去河岸啊！」

當然掀起一陣抗議的聲浪。不過足球社這邊唯一的一句話平息了這波不滿。

「既然這樣，由我們經理群去支援棒球社吧。」

開口的是擔任足球社經理的一名女學生。

擁有嬌憐的容貌，全心全力輔助選手群的她，是廣受男生喜愛的足球社首席經理。

出乎意料的自薦人選，使得棒球社這邊也出現「既然她願意來支援……」的氣氛，卻輪到足球社出現不情不願的聲浪。

不過，這也以她所說的「既然他們願意讓出操場的使用權，做到這種程度是當然的吧？」這句話平息。

「……這邊願意接受這個條件，你們呢？」

棒球社社長察覺社員們的意願這麼問，足球社社長即使稍微板起臉，也還是點頭答應了。

「那麼，就這麼定案吧。明天請再重新前來學生會申請。」

政近如此總結之後，雙方陣營的協調會以意外的形式順利落幕。

◇

協調會結束，政近與艾莉莎走在社辦大樓的走廊前往主校舍。兩人之間沒有對話，視線也沒有交會，就這麼靜靜前進。

「……啊～～剛才很抱歉。」

「……還好。」

政近終於禁不住沉默這麼說，艾莉莎隨即朝他露出疑惑表情。

「我擅自出面主導討論進行，害妳丟盡面子了吧？」

艾莉莎冷淡說完，再度面向前方。但她立刻看著前方發問：

「欸，你為什麼提出那種做法？」

「嗯？」

「按照常理來想，棒球社不可能接受那種提案。就我看來，你好像早就知道那位學姊會出面表態願意支援。」

「喔……妳居然知道啊。」

「我就是知道。你在棒球社抗議的時候，不是一直看著那位學姊嗎？」

真的是觀察入微。政近在佩服的同時，以若無其事的語氣揭開謎底。

「這件事要保密哦？」

「嗯？好的。」

「那位經理學姊……其實正在和棒球社的社長交往。」

「咦？」

出乎意料的情報，使得艾莉莎睜大雙眼看向政近。

「棒球社社長在協調的時候一直沒說話吧？那是因為女友在對方那邊，所以不敢說重話。雖然公私不分應該要有個限度，但也在所難免吧。」

「原來是……這樣啊……」

「另一方面，女友也知道自己這邊是無理取鬧，覺得挺尷尬的。所以我知道只要在那時候提出那個方案，她一定會附和。」

「……這樣啊。」

「棒球社會有可愛的女生們前來支援練習所以很幸福。足球社可以獨占操場所以很幸福。那兩人可以跨越社團界線在練球的時候約會所以很幸福。哎呀～～真的是三全其美耶！」

一無所知的棒球社普通社員可能有點吃虧就是了。政近補充這句話之後笑了。艾莉莎也對這樣的政近微微一笑。

「……呃——」

不過就在這個時候，政近看見通往主校舍的走廊盡頭站著一名男學生，臉上的笑容加入些許苦笑。

「喔，順利協調完畢了嗎？」

「會長……」

站在那裡的是統也。對於政近和艾莉莎走在一起，他看起來不抱任何疑問，露出像是看透一切的笑容。

「……足球社使用操場，棒球社使用河岸，代價是足球社的經理們要在這段期間過去支援棒球社，這是最後協調出來的結果……多虧久世同學的協助。」

「這樣啊。九条妹，辛苦妳了。」

艾莉莎平淡述說事實，統也慰勞之後就沒多說什麼。對於這樣的統也，政近賞了一個白眼做為小小的抵抗。

「一切都按照會長的計畫進行嗎？」

「嗯？沒那回事。」

「沒問我『這是什麼意思?』的時間點，就某種程度來說就是預謀犯案了。」

「哎呀……看來敗給你一次了。」

統也率直舉起雙手，政近像是氣勢銳減般地嘆了口氣。

「所以，怎麼樣?做出決定了嗎?」

「……」

會長果然早就看透了一切嗎?政近如此心想，這次輪到他率直舉白旗投降。

「嗯，總之……在下久世政近，懇請加入成為學生會的一員。」

「好，請多指教。」

統也咧嘴露出陽剛笑容，政近則露出像是認輸的苦笑。掛著對比笑容的兩人用力握手。

艾莉莎站在不遠處，以五味雜陳的表情看著這幅光景。

終章　握住這雙手

「唉～～總覺得像是完全中了會長的計，我好難接受……不過這就是所謂的『不是不報，時候未到』吧。」

被統也所說「今天已經晚了，明天再拿正式文件來申請吧」這句話送走的政近，和同樣被告知「妳今天的工作結束了」的艾莉莎，一起在夜幕之下走向正門。

政近一邊嘀咕一邊前進，艾莉莎稍微低著頭默默跟在他身後。

不過，大約再半分鐘就走到校門口的時候，她終於停下腳步，叫住政近。

「嗯？怎麼了？」

「……」

政近停下腳步轉身，但是艾莉莎不發一語。藍色的雙眼映出複雜情感，目不轉睛注視政近的臉。

政近也以平靜的眼神看向艾莉莎。

「真的要加入學生會嗎？」

「嗯。」

「是為了……」

她在這時候稍微語塞，像是下定決心般地發問：

「和有希同學一起參選會長？」

「……如果是這樣呢？」

聽到艾莉莎這麼問，政近也回問這個問題。

「如果是這樣，妳會怎麼做？放棄競選會長嗎？」

「……不。」

聽到政近彷彿是挑釁的提問，艾莉莎像是拋棄依賴心態般地瞬間閉眼，在眼中隱藏強烈的光輝回答：

「我一定會選上學生會長……即使對手是你，我也絕對不會放棄。」

這雙堅定的眼睛，使得政近輕輕放鬆表情。

就是想看見這道光輝。

就是想守護這道光輝。

他嚮往這道令人擔憂卻高尚的靈魂光輝，為了避免這道光輝變得黯淡而悄悄協助至今。

以往都是暗中這麼做的。

不過，從今以後……

「……這樣啊。」

「！」

政近閉上眼睛點點頭，艾莉莎將嘴唇緊閉成一條線，眼神稍微朝下。接著政近用力睜開雙眼，果斷對她這麼說：

「那麼，我來幫妳選上學生會長。」

「咦……？」

艾莉莎錯愕抬起視線。政近筆直注視她晃動的雙眸，朝她伸出手。

「既然妳這麼希望，我會全力幫妳選上學生會長。再也不會讓妳孤單一人。從今以後，我會在妳身旁扶持妳。所以妳什麼都不用說……握住這雙手吧！艾莉！」

聽到政近這段話，各種話語在艾莉莎內心浮現之後消失。

「為什麼？」「怎麼是我？」「不是有希同學嗎？」雖然冒出好幾個疑問，卻在政近不容分說的視線前方融化消失。

（啊啊，原來如此……）

艾莉莎忽然察覺。其實政近早就看透了。看透艾莉莎……倔強到無藥可救的個性。

所以他才會這麼說。自己不必說出「救我」或「陪我戰鬥吧」這種話，只要默默握住他的手就好。

（啊啊……）

至今總是孤單一人。把其他人都視為競爭對手，總是瞧不起人。艾莉莎覺得這樣的自己，不可能有人願意相挺。

不過……如果有人願意全盤接受如此無藥可救的自己，願意無條件站在同一陣線相挺，如果真的有這種人……

「……！」

湧上心頭的這份情感究竟是什麼？艾莉莎不知道。

感動？

期望？

喜悅？

感覺好像都對，也好像都不對。

被強烈的情緒波動襲擊，艾莉莎不知為何好想哭。

但是，她不流淚。

不想讓眼前的少年看見自己哭泣的模樣。

而且，他應該也不想看見自己哭泣的模樣。

所以，艾莉莎挺胸面向前方。

並不是想要求助。

不刻意討好，也不刻意依賴，就只是以對等的立場……握住這雙手。

「嗯，今後請多指教，艾莉。」

政近像是回應她的意志，微笑點了點頭。

始終扮演對等的搭檔。

不經意表現的這份溫柔，使得艾莉莎嘴角自然上揚，露出像是花朵綻放般的美麗笑容。

發自內心的聲音，從微微開啟的雙唇滑落：

「謝謝。」

然後……

Я тебя люблю

艾莉莎自己都沒察覺就脫口而出的這句細語，以及至今不曾看過的由衷笑容，使得政近內心小鹿亂撞。

同時，那段懷念的昔日回憶……那孩子的笑容在腦海重現。

（這……這是什麼？）

政近的心臟撲通撲通跳得好大聲。這是那個孩子不在之後，以為再也不會感受到的戀愛悸動。

（哈，哈哈……真的假的？原來我內心還有這種情感嗎？）

他的視線離不開面前的少女。相握的手好熱……？與其說熱……應該說痛？

「嗚！好痛好痛好痛！為什麼？」

回神一看，艾莉莎的笑容不知何時變成皮笑肉不笑，手勁強得像是虎鉗緊扣。

政近哀號彎下腰，雙眼向上投以疑問與抗議的視線。艾莉莎以絕對零度的視線迎擊他的視線，靜靜詢問：

「你現在……在想別的女人？」

「妳怎麼知道？啊……」

政近反射性地回答之後心想「糟了！」，然而為時已晚。同時他自覺說出差勁透頂的話語而噴出冷汗。

（慘了慘了慘了！居然在接受表白的時候想起以前的女生，這不就是戀愛喜劇男主角在告白場面的禁忌行為排行榜第二名嗎？）

順帶一提，第一名是沒有好好將表白聽進去。不只是女主角，讀者好感度也會大幅下降，所以千萬不能這麼做。

（……慢著，現在不是思考這種事的場合吧！）

思緒不小心就朝著阿宅方向想逃避現實，政近硬是將其拉回來。

不過，政近在現實世界的戀愛經驗值從小學之後就完全沒增加，遲遲想不到該如何打破這個僵局。

在他不知所措的這時候，掛著冰冷笑容的艾莉莎先開口了。

「欸。」

「什……什麼事？」

「你剛才說過『從今以後我會扶持妳』對吧？」

「咦？啊啊，是的。我說過。」

聽艾莉莎重新這麼說就覺得挺害羞的，不過面對她犀利冰冷的目光，政近露出的不是害臊的笑容，是僵硬的笑容。

「你一說完這句話……內心就在想有希同學。」

「不對，不是有希……」

「是喔……」

「等等！真的好痛！」

說出「不是有希」的瞬間，右手再度被虎鉗般的手勁緊扣。「為什麼？」政近暗中哀號。

「久世同學。」

「有！」

「如果希望我原諒……就默默接受我的手吧。」

「……是。」

看見艾莉莎緩緩舉起左手，政近察覺她的意圖，閉上眼睛。

緊接著，右臉頰傳來強烈的衝擊，不是比喻，政近真的整個人被打飛。

「嘿……嘿嘿……真漂亮的一巴掌。」

「……笨蛋。」

即使淒慘倒在地面，政近依然朝艾莉莎豎起大拇指。艾莉莎對他露出傻眼表情，如剛才所說收起怒氣，朝他伸出手。

政近拉著她的手起身，拍了拍褲子。

「……回去吧。」

「也對。」

然後兩人並肩踏上歸途。沒有相互依偎，也沒有冷漠遠離，是彼此伸手就能自然相繫的距離。

「哎呀～～我第一次被女生賞巴掌。身為男人的經驗值又增加了。」

「你是剛才倒地的時候撞到頭嗎？」

「我的大腦沒發生異狀啊？」

「也對，你的大腦天生就很悲劇。」

「你對我這個昔日號稱神童的秀才說這什麼話？」

「神童？是喔……」

「啊，這是完全不相信的眼神。」

還是可以和往常一樣拌嘴，兩人對此都暗自鬆了口氣，行走時的彼此距離比往常更近。抵達艾莉莎居住的公寓門前，她露出有點關心的表情。

「……臉頰還好嗎？需要拿東西冷卻一下嗎？」

原來妳下意識在意這件事嗎？政近稍微露出苦笑，開朗回應：

「不，沒關係的。雖然右臉頰有點失去知覺，不過只要當成是被牙醫麻醉就沒什麼了！」

「這樣問題很大吧……」

自己的擔心被以玩笑話回應，艾莉莎露出傻眼表情聳肩。此時她像是察覺什麼般地抬起頭，伸出食指撫摸政近的右臉頰。

「真的沒知覺嗎？」

「啊，沒有啦……我只是開玩笑的。不過有點麻是真的。」

「……這樣啊。」

聽到政近有點臉紅心跳如此回答，艾莉莎靜靜露出笑容。下一瞬間，艾莉莎的手搭在政近的雙肩，她的笑臉輕盈接近過來。

「咦？」

突如其來的事態使得政近僵住，某種柔軟觸感按在他的右臉頰，耳際響起「啾」的聲音。

「咦？」

政近驚愕瞪大雙眼，艾莉莎迅速離開，以愚弄的眼神看他。

「你在恍惚什麼？只是親臉頰而已吧？」

「妳說只是……慢著，正常的親臉頰只有臉頰互貼吧……」

「沒錯啊？不是真的親下去，只是用嘴巴發出聲音。」

「不對，可是……嗯？」

剛才的觸感是……不對，是哪一種？

「那麼，明天見。」

「啊，好……明天見。」

政近以心不在焉的狀態目送艾莉莎揮揮手後走進門。當看不見她的背影之後，政近當場抱頭蹲下。

「咦咦～～？慢著，說真的，是哪一種啊？」

政近撫摸依然隱隱作痛的溫熱臉頰，拚命回想剛才的觸感。然而再怎麼挖掘記憶都找不到正確答案。

「艾莉～～拜託用俄語和我對答案啦～～」

黑暗的夜路，響起政近可憐兮兮的聲音。

後記

各位初次見面，我是作者燦燦ＳＵＮ。感謝各位這次購買本作品。不是買而是向朋友借來看的您請務必買一本自用。站在書店翻閱的您就直接拿去櫃檯結帳吧。

在出道作品就寫這麼強勢的後記是嗎～～您心中冒出了這樣的想法吧，說來遺憾，燦燦ＳＵＮ平常就是這種調調。摺頁的簡介只是偶爾寫得正經一點罷了。別看我這樣，我在責編大人面前還算是遵守法定速度的安全駕駛。說到我平常給人的感覺則是……

（接下來的文章非常令人不忍卒睹，抱歉請稍待片刻。）

總之，就是這種感覺。咦？連一頁都還沒寫滿？我少說應該寫了兩千字才對……不過沒辦法了。剛才已經充分放飛自我，接下來會稍微正經一點。

正如摺頁的自我介紹所述，作者是網站「成為小說作家吧」出身的作家。雖然這麼說，但也不是「認真想讓作品出書的人」（正經派），而是公認「只是當成興趣在寫小說的人」（享受派）。幾乎不寫正經的連載作品，總是只要想到什麼題材就寫成短篇。

本書是作者在「成為小說作家吧」投稿的短篇《不時輕聲地以俄語遮羞的鄰座艾莉

同學》得到編輯大人的注目，將這個構想原封不動寫成全新的作品。感覺是漫畫雜誌常見，從單次短篇升格為連載長篇的做法。對於作者來說是大為出乎意料的一件事。

由於是完全重寫，所以主角與女主角都換成截然不同的另一個人，各位覺得如何？如果覺得女主角有點可愛，男主角有點帥氣，那就是我的榮幸了。有希？她無須多說就很可愛，所以沒什麼好擔心的（喂）。

最後，在撰寫本作品的過程中提供莫大協助的責任編輯宮川夏樹大人，為這種新手作家的作品繪製超美麗插圖的插畫家ももこ老師，畫出完美短篇漫畫的たぴおか老師，為女主角艾莉配音的上坂すみれ大人，為政近配音的天崎滉平大人，還有撰文推薦的しめさば老師、紙城境介老師，以及拿起本作品的讀者們，容我致上本世紀最大的謝意。謝謝各位！希望還能在第二集見到各位。後會有期。

《遮羞艾莉》
請各位多多支持與指教♡
momoco

位於戀愛光譜極端的我們 1~2 待續

Kadokawa Fantastic Novels

作者：長岡マキ子　插畫：magako

難以置信、不想相信，誰來告訴我這是假新聞！
即使分隔兩地，人家依然相信你喔。

第一學期結束時，一則衝擊性的大新聞橫掃整間學校。那就是邊緣人集團之一的加島龍斗與萬人迷的白河月愛開始交往了！即使周圍的人們對兩人的關係議論紛紛，他們仍然相信著彼此……？這是描述一場夏日的誤會，以及兩顆心相印的故事！

各 **NT$220/HK$73**

義妹生活 1 待續

Kadokawa Fantastic Novels

作者：三河ごーすと　插畫：Hiten

兩人的距離日漸縮短，
慢慢建立起兄妹以上卻與家人有所不同的關係。

經歷雙親感情破裂後再婚，高中生淺村悠太和學年第一美少女綾瀨沙季成了義兄妹，並相約保持不接近也不對立的關係。不知該如何依賴別人，或是怎麼以兄妹身分相處的他們，卻逐漸察覺與對方生活有多麼愜意……

NT$200/HK$67

繼母的拖油瓶是我的前女友 1~5 待續

Kadokawa Fantastic Novels

作者：紙城境介　插畫：たかやKi

純真無悔的單相思，
以及再次萌芽的初戀將會如何發展──？

自從結女在夏日祭典確定了自己的感情後，兩人變得更加在意彼此。而當暑假將近尾聲，照慣例泡在水斗房間的伊佐奈，不慎被結女母親撞見她與水斗的嬉鬧場面，在眾人眼中升級成了「現任女友」！然後，伊佐奈與水斗的傳聞，進一步傳遍新學期的高中……

各 **NT$220~250/HK$73~83**

一點都不想相親的我設下高門檻條件，結果同班同學成了婚約對象!? 1 待續

Kadokawa Fantastic Novels

作者：櫻木櫻　插畫：clear

從假婚約開始的純真戀愛喜劇，就此揭開序幕。

高瀨川由弦對逼他相親的祖父提出「若是金髮碧眼白皮膚的美少女就考慮看看」的高門檻要求，結果現身眼前的是同班同學雪城愛理沙？兩人基於各種考量訂下假「婚約」，並為了圓謊而共度許多甜蜜時光。此時家人卻說「想看你們親暱的照片」……！

NT$250/HK$83

男女之間存在純友情嗎？（不，不存在！） 1 待續

Kadokawa Fantastic Novels

作者：七菜なな　插畫：Parum

討論度破表！
摯友以上，戀人未滿的青春戀愛喜劇！

至今還沒談過初戀的High咖女子犬塚日葵，以及熱愛花卉的植物男子夏目悠宇，就算升上高二，還是一樣在只有兩人的園藝社中當著摯友。然而，悠宇跟初戀對象重逢，使得兩人間的關係開始失控？究竟「懂得戀慕之心」的日葵，能否擺脫「理想摯友」身分？

NT$240/HK$80

國家圖書館出版品預行編目資料

不時輕聲地以俄語遮羞的鄰座艾莉同學/燦燦SUN作；哈泥蛙譯. -- 初版. -- 臺北市：臺灣角川股份有限公司, 2022.04-
冊； 公分. -- (Kadokawa fantastic novels)

譯自：時々ボソッとロシア語でデレる隣のアーリャさん
ISBN 978-626-321-354-8(第1冊：平裝)

861.57 111001910

Kadokawa
Fantastic
Novels

不時輕聲地以俄語遮羞的鄰座艾莉同學 1

（原著名：時々ボソッとロシア語でデレる隣のアーリャさん）

2022年4月20日 初版第1刷發行
2024年8月27日 初版第12刷發行

作者：燦燦SUN
插畫：ももこ
譯者：哈泥蛙

發行人：台灣角川股份有限公司
總監：呂慧君
總編輯：蔡佩芬
主編：林秀儒
編輯：黎夢萍
設計指導：陳晞叡
美術設計：吳佳昀
印務：李明修（主任）、張加恩（主任）、張凱棋、潘尚琪

發行所：台灣角川股份有限公司
地址：104台北市中山區松江路223號3樓
電話：（02）2515-3000
傳真：（02）2515-0033
網址：www.kadokawa.com.tw
劃撥帳戶：台灣角川股份有限公司
劃撥帳號：19487412
法律顧問：有澤法律事務所
製版：尚騰印刷事業有限公司
ISBN：978-626-321-354-8